A DIVINA COMÉDIA
PARAÍSO

DANTE ALIGHIERI

Esta é uma publicação Principis, selo exclusivo da Ciranda Cultural
© 2020 Ciranda Cultural Editora e Distribuidora Ltda.

Texto
Dante Alighieri

Produção e projeto gráfico
Ciranda Cultural

Tradução
José Pedro Xavier Pinheiro

Imagens
DropOfWax/Shutterstock.com;
Gleb Guralnyk/Shutterstock.com;
KimsCreativeHub/Shutterstock.com;

Revisão
Project Nine Editorial
Fernanda R. Braga Simon

Dados Internacionais de Catalogação na Publicação (CIP) de acordo com ISBD

A411p   Alighieri, Dante

        Paraíso / Dante Alighieri ; traduzido por José Pedro Xavier Pinheiro. - Jandira, SP : Principis, 2020.
        240 p. ; 16cm x 23cm. – (A divina comédia)

        Inclui índice.
        ISBN: 978-65-509-7034-5

        1. Literatura italiana. 2. Poesia. 3. Dante Alighieri. 4. A divina comédia. I. Pinheiro, José Pedro Xavier. II. Título. III. Série.

2019-2188
CDD 851
CDU 821.131.1-1

Elaborado por Vagner Rodolfo da Silva - CRB-8/9410

Índice para catálogo sistemático:
1. Literatura italiana : Poesia 851
2. Literatura italiana : Poesia 821.131.1-1

1ª edição revista em 2020
www.cirandacultural.com.br
Todos os direitos reservados.
Nenhuma parte desta publicação pode ser reproduzida, arquivada em sistema de busca ou transmitida por qualquer meio, seja ele eletrônico, fotocópia, gravação ou outros, sem prévia autorização do detentor dos direitos, e não pode circular encadernada ou encapada de maneira distinta daquela em que foi publicada, ou sem que as mesmas condições sejam impostas aos compradores subsequentes.

SUMÁRIO

CANTO I 5

CANTO II 12

CANTO III 19

CANTO IV 25

CANTO V 32

CANTO VI 39

CANTO VII 46

CANTO VIII 53

CANTO IX 60

CANTO X 67

CANTO XI 74

CANTO XII 81

CANTO XIII 88

CANTO XIV 95

CANTO XV 102

CANTO XVI 110

CANTO XVII	118
CANTO XVIII	125
CANTO XIX	132
CANTO XX	139
CANTO XXI	146
CANTO XXII	153
CANTO XXIII	161
CANTO XXIV	168
CANTO XXV	176
CANTO XXVI	183
CANTO XXVII	190
CANTO XXVIII	197
CANTO XXIX	204
CANTO XXX	211
CANTO XXXI	218
CANTO XXXII	225
CANTO XXXIII	233

CANTO I

    Invocando Apolo, o Poeta conta como do Paraíso Terrestre ele e Beatriz se alçaram ao Céu, atravessando a esfera do fogo. Beatriz explica-lhe como possa vencer o próprio peso e subir. É atraído pelo invencível amor.

    Seguindo as teorias de Ptolomeu, Dante põe a terra imóvel no centro do Universo e, ao redor dela, em órbitas concêntricas, os céus da Lua, de Mercúrio, de Vênus, do Sol, de Marte, de Júpiter, de Saturno, a oitava esfera, que é a das estrelas fixas, a nona, ou primeiro móvel, e finalmente o Empíreo, que é imóvel. Transportado pela força que faz rodar os céus e pela luz sempre crescente de Beatriz, Dante eleva-se de um céu para outro, e em cada um deles aparecem-lhe os espíritos bem-aventurados que, quando vivos, possuíram a virtude própria do respectivo planeta.

À glória de quem tudo, aos seus acenos,
Move, o mundo penetra e resplandece,
Em umas partes mais em outras menos.

No céu onde sua luz mais aparece,
Portentos vi que referir, tornando,
Não sabe ou pode quem à terra desce;

Pois, ao excelso desejo se acercando,
A mente humana se aprofunda tanto
Que a memória se esvai, lembrar tentando.

Dante Alighieri

Os tesouros, porém, do reino santo,
Que arrecadar-me pôde o entendimento,
Serão matéria agora de meu canto.

Faz-me neste final cometimento,
Bom Febo[1], do teu estro eleito vaso
Que tenha ao louro amado valimento.

Fora-me assaz um cimo do Parnaso[2];
Daquele e do outro necessito agora
Para vencer na liça a que me emprazo.

Cala em meu peito, alenta o que te exora!
Sê como quando a Marsias arrancado
Hás do corpo a bainha protetora!

Se, divinal virtude, eu for entrado
Tanto de ti, que a sombra represente
Do reino que em minha alma está gravado,

Ao teu querido lenho eu, diligente,
Irei, por ter a c'roa merecida
De ti e deste assunto preminente.

Tão rara vez é, Padre, igual colhida
Quando triunfa César ou poeta
(Culpa e vergonha do querer nascida)

---

1   Apolo. (N. T.)
2   O monte Parnaso tinha dois cimos; em um moravam as Musas com Baco, no outro (Elicão ou Cirra) morava Apolo. (N. T.)

Que à Délfica Deidade[3] a predileta
Fronde excitar devera alta alegria,
Se um coração por tê-la se inquieta.

Grande incêndio em centelha principia;
Voz, após mim, talvez, mais eloquente
Mais graça em Cirra[4] alcance e mais valia!

Por várias portas surge refulgente
A lâmpada do mundo[5]; mas daquela,
Onde orbes quatro brilham juntamente[6]

Com três cruzes, caminha sob estrela
Melhor, em modo que a mundana cera[7]
Mais ao seu jeito retempera e assela.

Dali nascia a luz; daqui viera
A noite[8]; e um hemisfério branquejava
Enquanto ao outro a treva enegrecera,

Eis vi que à esquerda Beatriz fitava
Olhos no Sol: jamais águia afrontara
Tanto desse astro o lume, que ofuscava.

---

3 Apolo. (N. T.)
4 Parte do Parnaso consagrada a Apolo. (N. T.)
5 O Sol. (N. T.)
6 O ponto do céu no qual se conjuntam quatro círculos celestes, os quais, entrecortando-se, formam três cruzes. Caminha sob estrela melhor, a constelação do Áries. (N. T.)
7 A matéria terrestre. (N. T.)
8 No hemisfério do Purgatório amanhecia; no nosso hemisfério caía a noite. (N. T.)

Dante Alighieri

Como o raio, que a luz de si dispara,
Reflete outro, que preito retrocede,
Qual romeiro, que à volta se prepara,

Esse ato, com que assim Beatriz procede,
Meu se tornou nos olhos infundido,
E o fitei mais que a um homem se concede.

Muito do que é na terra defendido,
No Paraíso é dado à humana gente,
A quem fora por dote prometido.

Fitar o Sol não pude longamente.
Mas assaz para o ver fulgir no espaço,
Qual ferro, que do fogo sai candente.

Eis cuidei ver um dia, ao mesmo passo,
Luzir com outro, qual se Deus fizera
Do céu um Sol segundo no regaço.

Sorvidos Beatriz na eterna esfera
Os olhos tinha; os meus que eu desviara
Dali no seu semblante embevecera.

Contemplando-a, o meu ser se transformara;
Tal Glauco[9], portentosa erva comendo
Igual do mar aos Deuses se tornara.

Significar *per verba* não podendo
O que é transumanar o exemplo baste
Ao que o exp'rimente, a graça recebendo.

---

9   Pescador mitológico, ao comer uma erva marinha transformou-se em deus do mar. (N. T.)

De ti, que por teu lume me exaltaste,
Amor do meu Senhor é conhecido,
Se em mim somente havia o que criaste.

Quando as 'Sferas, no giro, conduzido
Por ti no eterno anelo, me enlevaram
Com hino ao teu compasso dirigido,

Tantos etéreos plainos se mostraram
Inflamados do Sol, que nunca os rios,
Nem as chuvas um lago igual formaram.

Essa luz, esses sons (jamais ouvi-os)
De saber tais desejos me acenderam
Que tão pungentes de antes não senti-os.

Ela em meu coração os viu como eram:
Por serenar-me o ânimo agitado,
Sem me escutar, seus lábios se moveram,

E disse: "O teu espírito anda errado
Com falso imaginar: 'starias vendo
O que não vês, se houveras afastado.

Te enganas, sobre a terra achar-te crendo:
O raio tão veloz do céu não desce,
Como tu que p'ra o céu vais ascendendo".

Se a dúvida primeira desaparece,
À voz que o riso segue, lhe escutando,
Inda mais outra a mente me escurece.

Dante Alighieri

"Modera-se o meu pasmo", lhe tornando
Falei, "mas ora muito mais me admira
Como estes corpos leves vou passando".

Ouvindo, Beatriz terna suspira
E me encara piedosa, com semblante
De mãe que fala ao filho que delira.

"Conservam", respondeu-me, "ordem constante
As cousas entre si: esta é a figura
Que o universo ao Senhor faz semelhante.

Ali vê cada uma alta criatura
Do Poder Sumo, bem ao claro, o selo,
Alvo sublime, que essa lei procura.

Cada um entre na ordem, que eu revelo,
Se vai por modos vários inclinando,
Mais ou menos, ao seu princípio belo.

Para portos dif'rentes navegando
No vasto mar do ser, cada qual segue
Os instintos que Deus lhe deu, criando.

Por Ele a flama à Lua alar consegue,
Por Ele o coração mortal se agita
E a terra em sua contração prossegue.

Seu poder não somente se exercita,
Qual arco em seta, em bruto inconsciente,
Mas nos entes, que amor, razão concita.

Tudo ordenando, o Autor Onipotente
Com sua luz tem o céu sempre aquietado,
Em que gira o que vai mais velozmente[10].

Até lá, como a um alvo decretado,
Desse arco impele a força poderosa,
Quem conduz tudo a venturoso estado.

Mas, como, às mais das vezes, revoltosa
A forma não responde ao intento da arte,
Porque a matéria é na surdez teimosa,

Assim desta vereda se desparte
A criatura, para o bem guiada,
Que pode propender para outra parte,

Se, de falso prazer sendo arrastada,
Baixa à terra, qual fogo desprendido,
De súbito, da nuvem carregada.

Não seja mais de espanto possuído:
Como ao val rio cai de monte altivo,
Para a esfera estelífera és erguido.

De maravilha fora em ti motivo
Não subindo; pois 'stás de estorvo isento;
Não fica imoto em terra o fogo vivo".

Disse e os olhos fitou no firmamento.

---

10   O Empíreo imóvel, dentro ou embaixo do qual gira o primeiro móvel, que é o mais veloz dos céus. (N. T.)

CANTO II

Sobem à Lua. Exortação aos leitores. Dante pergunta a Beatriz se as manchas da Lua dependem da maior ou menor densidade do astro. Beatriz confuta o erro. Todos os astros são iluminados pela virtude que do primeiro móvel se difunde aos céus sotopostos. Na Lua a virtude é menor que nos outros céus.

Vós, que em frágil barquinha navegando,
Desejosos de ouvir, haveis seguido
Meu baixel, que proeja e vai cantando,

Volvei à plaga, donde haveis partido,
O pélago evitai; que, em me perdendo,
Vosso rumo talvez tereis perdido.

Ondas ninguém cortou, que vou correndo,
Sopra Minerva e me conduz Apolo
E o Norte as Musas mostram-me, a que eu tendo.

Vós, que, raros, a tempo haveis o colo
Erguido ao pão dos anjos[11], que alimenta,
Mas não sacia, no terráqueo solo,

---

11 Teologia. (N. T.)

A vossa nau guiai, de medo isenta,
No salso argento[12], após a minha esteira,
Enquanto água o seu sulco inda apresenta.

A que em Colcos surgiu gente guerreira[13],
Menos que vós, atônita ficara
Jasão vendo aplicado à sementeira.

Perpétua, inata sede nos tomara
Do império deiforme e nos levava
Quase bem como o céu, que jamais para.

Olhava o céu Beatriz, eu a encarava.
Tão depressa talvez, quanto arrojada
Ao ar, a seta do arco se destrava,

Cousa vi, que prendeu maravilhada
A vista minha súbito; e então ela,
Que do meu cogitar 'stava inteirada,

Voltou-se e disse leda, quanto bela:
A Deus eleva a mente, agradecido,
Chegados somos à primeira estrela.

Lúcido, espesso, sólido e polido
Vulto, qual nuvem, nos cobrir parece,
Quase diamante pelo Sol ferido.

---

12 O mar. (N. T.)
13 Os Argonautas que se espantaram quando Jasão arou o campo com dois touros que expeliam flamas pelas narinas e semeou os dentes do monstro que havia matado, do que surgiram guerreiros (Ovídio, Met. VII). (N. T.)

Na perla eterna[14] entramos: assim desce
Raio de luz pela água, que recebe
No seio, mas unida permanece.

Se eu era corpo, e aqui se não percebe
Como uma dimensão outra compreende,
Senão se um corpo em outro corpo embebe,

Com mais razão desejo em nós se acende
De ver aquela essência, que é patente
Como a nossa natura a Deus se prende.

Ali o que por fé se crê somente
Sem provas por si mesmo será noto,
Como a verdade prima o que o home' assente.

"Ante o Senhor com ânimo devoto
Humilho-me", tornei-lhe, "enternecido,
Pois do mundo mortal me tem remoto.

Mas dizei: neste corpo o que tem sido
As manchas negras, com que lá na terra
Sobre Caim se hão fábulas urdido[15]".

Sorriu-se e respondeu: "Se assim tanto erra
Dos mortais o juízo no que a chave
Dos sentidos verdade não descerra,

Não mais depois o espanto em ti se agrave;
Pois vês como, aos sentidos se rendendo,
Nos curtos voos a razão se trave.

---

14 A Lua. (N. T.)
15 Segundo uma crendice popular, as manchas da Lua representavam Caim carregando um feixe de espinhos. (N. T.)

Mas fala, ideias tuas me dizendo".
"O que parece aqui ser diferente
De corpo raro e denso[16] vir estou crendo".

"Tu verás", replicou, "bem claramente
Ser falsa a crença tua, se escutares
Os argumentos, que lhe oponho em frente.

Na oitava esfera há muitos luminares,
Nos quais, por qualidade e por grandeza,
Notam-se aspetos vários, singulares.

Se o denso e o raro atua, com certeza
Virtude única em todos tem regência,
Influindo com mais, menos graveza:

São as virtudes várias consequência
Dos princípios formais que destruídos
Seriam, exceto esse: é de evidência.

Se são por corpo raro produzidos[17]
Tais sinais, ou neste astro muitos postos
De matéria estão destituídos,

Ou, como o gordo e o magro sobrepostos
No corpo vês, quadernos diferentes
Este astro em seu volume tem dispostos.

---

16 Dante havia escrito no Convívio que as manchas lunares eram partes rarefeitas do astro. (N. T.)
17 Se a Lua tivesse algumas partes transparentes, não haveria possibilidade de verificar-se o eclipse do Sol. Se as partes rarefeitas não são transparentes, deveria haver ao oposto delas, como em um espelho, partes densas que impediriam a transparência. Nesse último caso, porém, os raios externos, como no espelho, deveriam refletir-se. (N. T.)

Nesse caso estariam bem patentes
Nos eclipses do Sol da luz efeitos,
Que são, nos corpos raros, transparentes.

Assim não é. No outro, se desfeitos
Forem seus fundamentos, demonstrado
Terei teu erro em ambos os respeitos.

Não indo o raro de um ao outro lado
Limite deve haver onde, já denso,
Não possa o corpo ser atravessado;

E sobre si o lume torne intenso,
Bem como a cor, por vidro refletida,
Ao qual o chumbo é por detrás apenso.

Dirás que a luz se mostra escurecida
Aí, mais do que outra e em qualquer parte,
Por ser de mais distância refrangida.

Desta instância consegue libertar-te
Experiência, se dela te ajudares,
Por ser sói a fonte de toda arte.

De espelhos três se a dois tu colocares
Com igual intervalo, e o derradeiro
Mais longe, entre os primeiros encarares;

Se houveres pelas costas um luzeiro,
Que os espelhos já ditos esclareça,
Dos dois repercutido e do terceiro:

Conquanto uma extensão menor pareça
No espelho que se avista mais distante,
Verás como igual luz o resplandeça.

Como aquecida do astro rutilante,
A neve se derrete e se esvaece,
A frigidez perdendo e a cor brilhante,

Assim, pois que o teu erro desparece,
Mostra-te clarão vou tão refulgente,
Que cintila qual luz que do céu desce.

No céu da paz[18] divina um corpo ingente
Gira[19]: em sua virtude está guardado
O ser de quanto é ele o continente.

O céu seguinte, de astros marchetado,
Aquele ser reparte por essências
Distintas, mas que tem nele encerrado.

Os outros céus, por várias influências,
Distinções que contêm, dispõe, lhes dando
Quanto serve aos seus fins e consequências.

Esses órgãos do mundo (estás notando)
Seguem, pois, gradação, que não varia;
Vêm de cima os que abaixo vão passando.

Compreendes já como é segura a via,
Por onde ir à verdade desejada:
Depois o vau tu passarás sem guia.

---

18 O Empíreo. (N. T.)
19 O primeiro móvel, que influencia os outros céus. (N. T.)

Deve aos santos motores[20] imputada
Ser, como ao fabro o efeito do martelo,
Dos céus a ação, desta arte revelada.

E o céu, que tantos lumes fazem belo[21],
Do Ser Supremo, que no espaço o agita.
A imagem toma e a insculpe como selo.

E como alma, que a humana argila habita,
Por diferentes membros atuando,
Faculdades diversas exercita,

A Inteligência assim multiplicando
Dos astros nos milhões sua bondade,
Sobre a Unidade sua vês girando.

Cada virtude, em sua variedade,
A cada precioso corpo é unida
A que dá, como em vós vitalidade.

A virtude, em tais corpos infundida
Refulge, de um ser ledo procedente
Qual ledice em pupila refletida.

Daí vem que uma luz de outra é diferente,
Não por efeito do que é denso e raro:
Esse é formal princípio eficiente

Conforme a sua ação o turvo e o claro".

---

20   Os anjos que agem em cada um dos céus. (N. T.)
21   Aquele Céu, que tantas estrelas fazem belo, recebe da divina inteligência a virtude e a imprime nos outros céus. (N. T.)

CANTO III

Na Lua estão as almas daqueles que não cumpriram plenamente seus votos religiosos. Aparece ao Poeta a alma de Picarda Donati, que resolve uma sua dúvida sobre o contentamento dos espíritos bem-aventurados. Narra-lhe como foi violentamente tirada do mosteiro. Indica-lhe a alma da imperatriz Constança.

O Sol[22] por quem primeiro ardeu meu peito,
Provando e refutando, me mostrara
Da formosa verdade o doce aspeito.

Por confessar-me do erro, em que vagara,
Quanto possível fosse, convencido,
Mais alto a fronte para a sua alçara.

Eis fui de uma visão tal possuído,
Que olvidei meu desejo inteiramente,
Ficando em contemplá-la submergido.

Bem como em cristal puro e transparente,
Ou n'água clara, límpida e tranquila,
Que deixa à vista o fundo seu patente,

---

22 Sol da beleza: Beatriz. (N. T.)

A imagem nossa quase se aniquila,
Em modo, que uma per'la em nívea fronte
Se faz mais perceptível à pupila,

Assim, dispostas a falar defronte
Várias figuras vi: eu no erro oposto
De Narciso[23] caí amando a fonte.

Eu, cuidando as feições do seu composto
Ver num espelho, súbito volvia,
Por bem saber quem fosse, atrás o rosto.

Ninguém vi. Logo o gesto me atraía
Da doce guia, que, a sorrir-me estando,
Dos santos olhos no esplendor ardia.

"No sorriso, não pasmes, reparando,
A causa é", diz, "teu pueril engano,
À verdade caminhas vacilando.

Andas em falso, como sóis, de plano:
Verdadeiras substâncias estás vendo;
Trouxe-as aqui dos votos seus o dano.

Interroga, o que ouvires crer devendo;
Pois da verdade a luz, que as esclarece,
As conduz, de todo erro as defendendo".

Volto-me então à sombra, que parece
Mais desejosa de falar: torvado
Começo, e a voz impaciência empece.

---

23 Narciso se enamorou da sua imagem na fonte, tomando-a por pessoa verdadeira. Dante caiu no erro oposto. (N. T.)

"Tu, espírito eleito, que, enlevado,
Da vida eterna aqui fruis a doçura,
Que entende só quem tem experimentado,

Grã mercê me farás, se porventura
Disseres o teu nome e a sorte vossa".
A responder-me leda se apressura.

"Ao bom desejo a caridade nossa,
Como a que manda a corte sua inteira
Imitá-la, defere quanto possa.

Eu era lá no mundo virgem freira:
Diz-te a memória, se as feições me guarda,
Que sou, posto mais bela, e verdadeira.

Atenta bem: verás que sou Picarda[24]:
Estou nesta bendita companhia,
Venturosa na esfera, que é mais tarda.

As nossas afeições que inflama e guia
Somente a inspiração do Espírito Santo,
Enlevam-se em cumprir ordens que envia.

A sorte, ao parecer somenos tanto,
Nos coube, por ter sido descurado
O sacro voto e em parte posto a um canto."

Respondi-lhe: "No aspecto sublimado
Vosso rebrilha um não sei que divino,
Que o tem do que foi de antes transmutado.

---

24 Picarda Donati, irmã de Forese e de Corso, freira de Santa Clara, foi obrigada pela sua família a casar-se com Rossellino della Tosa. (N. T.)

Não fui, pois, em lembrar-me repentino;
Porém, do que disseste me ajudando,
Eu do que hás sido em recordar-me atino.

Mas vós que estais aqui dita logrando
Não sentis de outro céu desejo ardente
Por ver mais alto mais amor gozando?"

Sorriu-se a sombra e as outras docemente;
E disse da alegria radiante,
O seu primeiro amor como quem sente:

"Rege o nosso querer, em paz constante,
A caridade, irmão: só desejamos
O que ora temos e não mais avante.

Anelando ir mais alto do que estamos,
Seríamos rebeldes à vontade,
A que aprouve esta estância, que habitamos.

Pois nos cumpre existir na caridade,
Surgir não pode em nós tal pensamento,
Dessa virtude oposto à santidade.

Condição de eternal contentamento
É preceito cumprir do Onipotente:
Um só com ele é logo o nosso intento.

Do reino em cada plaga refulgente
Somos, do reino todo muito ao grado
E do Rei, que à sua lei nos molda a mente.

Seu preceito a paz nossa se há tomado:
Ele é mar a que tudo precipita,
Que cria, ou faz natura ao seu mandado".

Conheço então que o Paraíso habita
Quem 'stá do céu em qualquer parte, e vejo
Não chover de um só modo a suma dita.

Mas, se um manjar sacia, dado o ensejo,
E de outro resta o apetite vivo,
Um se agradece, expondo-se o desejo.

Por gesto e voz assim fiz-me expressivo
Para a tela saber que a lançadeira[25]
Não rematara com lavor ativo.

"Perfeita em vida, em mérito altaneira
Acima Santa[26] está, que há regulado
Vestes e véus, com que professa freira,

Até finar-se, vele ou durma ao lado
Desse esposo, que todo voto aceita,
Se lhe é por caridade consagrado.

Menina e moça, à sua regra estreita
Submeti-me, e do mundo me apartando
Jurei aos seus preceitos ser sujeita.

Roubou-me à paz do claustro iníquo bando,
Mais à maldade do que ao bem afeito:
Qual foi Deus sabe o meu viver, penando!

---

25 O motivo pelo qual faltou aos votos que tomara. (N. T.)
26 Santa Clara. (N. T.)

Dante Alighieri

Este fúlgido esp'rito, em cujo aspeito
(À direita demora-me) se acende
Quanto lume o céu nosso tem perfeito,

O que digo de mim de si o entende;
Sendo freira, como eu foi-lhe arrancado
O santo véu, que o voto à fronte prende.

Mas, ao mundo tornando de mau grado,
Que os seus piedosos usos ofendia,
Guardou fiel seu peito ao sacro estado.

É a excelsa Constância[27] a que radia:
Deu de Suábia ao Imperador segundo
Herdeiro, em que extinguiu-se a dinastia".

Calou-se; e logo do Ave o hino jucundo
Cantou: cantando aos olhos desparece,
Qual peso, que mergulha em mar profundo.

Segui-la a vista quis quanto pudesse;
De desejo invencível atraída,
Voltou-se, quando em todo se esvaece,

E em Beatriz fitou-se embevecida.
Mas era o rosto seu tão fulgurante,
Que ante o lume sentiu-se esmorecida.

Pelo efeito atalhei-me titubeante.

---

27 Flha de Rogério, rei das Apúlias e de Sicília, casada com Henrique VI e mãe de Frederico II. (N. T.)

CANTO IV

Duas dúvidas agitam o espírito do Poeta. A primeira é relativa à doutrina platônica, segundo a qual todas as almas voltam para as estrelas donde saíram. A outra, se a violência tolhe a liberdade, como pode ser justo que as almas forçadas a romper os votos tenham desconto de glória? Beatriz responde à primeira dúvida restringindo o sentido da doutrina platônica. Relativamente à segunda diz que aquelas almas não consentiram no mal, mas não o repararam, voltando ao claustro, quando tiveram possibilidade de fazê-lo.

De igual modo distantes e atraentes,
Homem livre entre cibos dois morrera
De fome, antes que num metesse os dentes.

Cordeiro assim, sem se mover, temera
No meio de dois lobos truculentos;
Um galgo entre dois gamos não correra.

Calando-me entre opostos pensamentos,
Louvor não merecia, nem censura;
Necessário era então nos meus intentos,

Mas no semblante o anelo se afigura;
Constrangido silêncio o denuncia
Melhor que a voz, quando expressão apura.

Fez Beatriz, qual Daniel fazia[28]
Para os assomos moderar da ira,
Que ao mal Nabucodonosor movia.

"Dos desejos cada um tua alma tira",
Disse, "e estando em tais laços enleada,
Tolhido o raciocínio, não respira.

Discorres: se a vontade contrastada
No bem persiste, pode porventura
Em méritos julgar-se amesquinhada?

Turbar-te inda outra dúvida procura:
Se das estrelas a alma torna ao meio,
Como Platão filósofo assegura[29].

Destes problemas dois te nasce o enleio.
No derradeiro o exame principia
Porque do erro mais fel há no seu seio.

Não tem anjo, que em Deus mais se extasia[30]
Moisés e Samuel, João Batista,
O Evangelista, nem também Maria,

Lugar em céu diferente do que a vista
De espíritos te deu que hão se mostrado:
Num só têm todos a eternal conquista.

---

28 Beatriz interpretou o pensamento de Dante, como Daniel, o sonho de Nabucodonosor, que queria mandar matar os seus sábios por não terem podido interpretá-lo. (N. T.)
29 Segundo a teoria platônica, as almas são criadas antes dos corpos e habitam as estrelas, a elas voltando depois da morte do corpo. (N. T.)
30 Todos os anjos e santos não têm, no céu, lugar diferente daquele dos espíritos que agora apareceram. (N. T.)

O Empíreo é por todos adornado,
Hão todos doce vida variamente,
Conforme o eterno sopro é facultado.

Se nesta esfera os viste, certamente,
Não foi por destinada lhes ter sido,
Grau só denota menos eminente.

Assim por mente humana compreendido
Será, pois se eleva ao entendimento
Do que é pelos sentidos percebido.

Por ter do que sois vós conhecimento
A Escritura atribui, mas al entende,
Pés e mãos ao Senhor do firmamento.

Em figurar a Igreja condescende
Gabriel e Miguel e o que a Tobia
Curou[31], sob a feição, que à humana tende.

Timeu esta verdade contraria[32]
No que acerca das almas argumenta;
Parece crer à letra o que anuncia.

Ao seu astro voltar a alma sustenta,
Supondo que ela à terra descendera,
Quando, por forma ao corpo unida, o alenta.

Talvez diversa ideia concebera
Do que nas vozes suas emitira,
Escarnecida ser não merecera.

---

31 O Arcanjo Gabriel, que curou a cegueira de Tobias. (N. T.)
32 Diálogo de Platão no qual se fala da imortalidade da alma. (N. T.)

Se a honra ou vitupério atribuíra
Aos astros de influir na vida humana,
Na verdade talvez firmasse a mira.

Mal entendido, o seu princípio dana[33]
O mundo quase inteiro, que prestara
A Jovem e a Marte adoração insana.

A dúvida segunda te depara
Menos veneno, pois o mal, que encerra
Para longe de mim não te afastara.

Que a Justiça Divina lá na terra
Pareça injusta é, de péssima heresia,
Argumento de fé, que jamais erra.

Mas, como a humana mente poderia
Às alturas alar-se da verdade,
Vou dar-te o que o desejo te sacia.

Constrangimento havendo, se, à maldade
A vítima se opondo, em luta insiste,
Desculpa elas não têm, sem dubiedade.

Não se abate a vontade, se persiste;
Sempre se ergue, qual flama cintilante:
A força a estorce, vezes mil resiste.

Por menos que se dobre vacilante,
Cede à força: voltar ao santo abrigo
Puderam, tendo o ânimo constante.

---

33   A opinião, mal entendida, da ação das estrelas sobre a alma, talvez, leva ao erro e, por isso, deram-se aos planetas os nomes de Jove e Marte e foram eles adorados. (N. T.)

Se o querer fosse inteiro no perigo,
Como Lourenço[34] no braseiro ardente,
Ou Muzio[35], que à mão sua deu castigo,

Em livres sendo, a estrada incontinenti
Do dever seguiriam pressurosas;
Mas raro é tal valor na humana gente.

Se atendeste, razões dei poderosas
Para ficar tua dúvida solvida:
Causa te fora a angústias afanosas.

Mas ante os olhos ora vês erguida
Outra ainda mais grave, que, por certo,
Não fora por ti só desvanecida.

Já te hei bem claramente descoberto
Que não pôde mentir alma ditosa
Pois da Suma Verdade é sempre perto.

Narrou depois Picarda que extremosa
No seu amor ao véu fora Constância,
Ao revés do que eu disse cautelosa.

Na existência há mais de uma circunstância,
Em que se faz, perigos receando,
O que é vedado ou move repugnância.

Do pai ardentes rogos respeitando,
A sua mãe Alcmeon[36] cortava a vida,
Por piedade impiedoso se tornando.

---

34   Lourenço, condenado a morrer queimado vivo. (N. T.)
35   Múcio Scevola, para punir-se, fez queimar sua mão sobre um braseiro. (N. T.)
36   Alcmeon, filho de Anfiarau, matou a mãe Erifiles, v. Purgatório, XII, 50. (N. T.)

Fique, pois, a tua mente convencida
De que ao querer se a força anda ajustada,
Não há desculpa à falta cometida.

A vontade absoluta é declarada
Inimiga do mal: cede temendo
Ser, pela oposição, mais lastimada.

A verdade absoluta em mira tendo,
Picarda discorreu: de outra eu falava.
Verdade ambas estamos defendendo".

Do santo rio a luz assim manava,
Da Fonte da verdade é derivada:
Cada um dos meus desejos contentava.

"Ó do Primeiro Amante excelsa amada!
Ó santa", eu disse, "cuja voz me anima,
Me inunda e a força aviva à alma abrasada!

Afeto meu que ao extremo se sublima,
Não basta por tornar graça por graça:
Que o Senhor minha dívida redima!

Não há, bem sei, não há quem satisfaça
A mente, se a Verdade não compreende
Fora da qual outra nenhuma passa.

A mente ali se refocila e prende,
Qual fera, que em seu antro empolga a presa:
De outra sorte o desejo em vão se acende.

E por isso ao pé nasce da certeza,
Como vergôntea, a dúvida e nos leva
De cimo em cimo até sublime alteza.

Com toda a reverência que vos deva,
Ouso pedir-vos me expliques, Senhora,
Outra verdade, que me está na treva:

Os rotos votos, que homem sente e chora,
Pode suprir com mérito dif'rente,
Que iguale em peso o que perdera outrora?"

Beatriz me encarou: tão refulgente
Lhe rebrilhava o olhar e tão divino,
Que me volto, sentindo a força ausente,

E, quase aniquilado, a fronte inclino.

CANTO V

Continuando no discurso do canto anterior, Beatriz explica a Dante que o voto é um pacto entre o homem e Deus. Pode mudar-se a matéria do voto, mas deve ser substituída com oferecimentos de maior mérito. Beatriz lamenta a leviandade dos cristãos.

Beatriz e Dante voam depois para a esfera de Mercúrio, onde estão as almas dos homens que viveram uma vida digna, adquirindo fama no mundo. Um espírito fala ao Poeta.

"Se no fogo do amor te resplandeço
Em modo, que o terreno amor precede;
Se aos olhos teus a força desfaleço;

Não te espantes: efeito é que procede
Desse perfeito ver, que o bem compreende,
E, o compreendendo, em se apurar progrede.

Já patente me está quanto resplende
Na inteligência tua a Luz eterna,
Que, apenas vista, sempre amor acende;

E, se outro objeto humano amor governa,
Vestígio dela é só mal percebido,
Só transluzindo em sua forma externa.

Saber queres se um voto não cumprido
É de outras obras resgatado, e tanto,
Que em juízo de Deus fique absolvido".

Começou Beatriz desta arte o canto;
E, como quem no discorrer não para,
Seguiu assim no seu elóquio santo:

"O mor bem que ao universo Deus doara,
O que indicara mais sua bondade
O que em preço mais alto avaliara,

Foi do querer, por certo, a liberdade,
Que a toda criatura inteligente
Há dado em privativa faculdade.

Daqui, por dedução, fica evidente
Do voto a alta valia, quando é feito
Por acordo entre Deus e a humana mente.

Por contrato, entre Deus e o home' aceito,
Esse tesouro é vítima imolada,
Que ao sacrifício vai com ledo aspeito.

Pode ser porventura compensada?
Se cuidas usar bem do que ofertaste,
Crês fazer bem com prata mal ganhada.

Certo do ponto capital ficaste;
Com a dispensa a Igreja, parecendo
Em tal caso contrário ao que escutaste,

Convém, que um pouco à mesa te detendo,
Para o rijo manjar, que hás ingerido,
Socorro aguardes, que te dar pretendo.

Ao que te explico atento presta ouvido
E guarda-o na alma; pois não dá ciência
Ouvir o que depois fica no olvido.

Exige do sagrado voto a essência
Aquele objeto em sacrifício dado
E do próprio contrato a consistência.

Jamais pode ser este obliterado,
Ainda que infringido: já bem clara
Demonstração sobre este ponto hei dado.

Lei rigorosa a Hebreus determinara
Fazer pia oblação; mas concedida
A permuta da oferta lhes ficara.

Da matéria do voto é permitida
Conversão quando ensejo se oferece,
Sem ser por isso falta cometida.

Mas não se muda, quando bem parece,
O fardo; só se a Igreja, tendo usado[37]
Das chaves de ouro e prata, o concedesse.

Crê que toda permuta é passo errado,
Quando o antigo no novo não se inclua,
Bem como quatro em seis vês encerrado.

---

37 Só se a Igreja, que possui a chave de prata (da ciência) e de ouro (da autoridade) o permitir. (N. T.)

Se o voto é tal na gravidade sua,
Que obrigue a se inclinar toda balança,
Outro voto não há, que o substitua.

Não contraí, mortais, votos por chança!
Cumpri-os, mas não Jefté[38] imitando,
A quem deu louco voto a desesperança.

'Fiz mal!', dissesse ao voto seu faltando,
Por não fazer pior cumprindo-o. Estulto
Foi o potente Rei dos gregos[39], quando

À filha fez chorar seu belo vulto
E à piedade moveu quantos ouviram
Falar daquele abominável culto.

A razões pesai bem, que vos inspiram,
Cristãos! não sede pluma a qualquer vento!
As nódoas com toda a água se não tiram!

Tendes o Velho e o Novo Testamento
E da Igreja o pastor, que os passos guia:
Que mais quereis por vosso salvamento?

Se má cobiça o peito vos vicia,
Homens sede e não brutos animais:
Que entre vós o Judeu de vós não ria.

---

38 Jefté, juiz de Israel, fez o voto, se vencesse os Amonitas, de sacrificar a primeira pessoa que encontrasse no caminho; e esta foi a sua filha. (N. T.)

39 Agamêmnon prometeu aos deuses o que possuía de mais belo. Chorou depois a beleza da sua filha Ifigênia. (N. T.)

Como o cordeiro simples não façais,
Que contra si combate petulante,
Da mãe o leite não querendo mais".

Beatriz assim disse. Eis anelante
E arrebatada em êxtase voltou-se
À parte, onde o universo é mais brilhante.

Ante o enlevo em que o gesto transmutou-se,
Calou-se o meu desejo impaciente:
De outras questões, já prestes, refreou-se.

Como a seta, que o alvo de repente
Atinge antes que a corda esteja quieta,
No céu segundo entramos velozmente.

Tão leda eu via Beatriz dileta,
Daquele céu nas luzes penetrando,
Que mais vivo esplendor mostra o planeta.

E se a estrela sorriu, se transformando,
Como não fiquei eu, que fez natura
Mudável, impressões todas tomando?

Como viveiro de água mansa e pura,
Pela esp'rança, de pasto, que se of'reça,
Sofregamente o peixe o anzol procura,

Mais de mil esplendores vindo à pressa,
"Eis aí quem nos traz de amor aumento!"
A voz de cada qual nos endereça.

De cada sombra o alegre sentimento,
Em se acercando a nós, se denuncia
No fulgor do seu claro luzimento.

Quão sôfrego o desejo não seria
Em ti, leitor, se acaso interrompesse
A narração de quanto então se via?

Imaginas, portanto, o que eu tivesse
De conhecer aquela grei formosa,
Tanto que ante os meus olhos aparece.

"Ó criatura, que assim vês ditosa
Os tronos do eternal triunfo, inda antes
De finda a terreal guerra afanosa,

Nos lumes, que no céu há mais brilhantes,
Ardemos: te darei, se as pretenderes,
Ao teu desejo informações bastantes".

Assim falou. "Responde que assim queres",
A Beatriz ouvi. "Diz com franqueza,
E crê como divino o que entenderes."

"O ninho tens, já vejo com certeza,
Na luz eterna: o seu fulgor revela
Dos olhos teus, sorrindo-te a viveza.

Mas não sei quem tu és, ó alma bela,
Nem por que por degraus tens esta esfera,
Que aos mortais nos clarões de outra se vela".

Assim disse, voltado à luz que houvera
Primeira a voz alçado: refulgindo,
Mais coruscante a vi ao que antes era.

Bem como o Sol os lumes encobrindo
No seu próprio esplendor quando esvaece
As cortinas que estavam-nos cingindo,

Da alegria no excesso desparece
Nos próprios raios a figura santa.
Na sua luz envolta que recresce,

Disse o que o canto que se segue canta.

CANTO VI

A alma do imperador Justiniano fala ao Poeta. Narra-lhe a história do Império, de Eneias a César, a Tibério, a Tito, a Carlos Magno, para mostrar-lhe a santidade da autoridade imperial. Diz-lhe que no Céu de Mercúrio estão os espíritos daqueles que se esforçaram para conseguir fama imortal. Discorre-lhe acerca de Romeu, que administrou a corte de Raimundo Beranguer, conde de Provença.

"Depois que Constantino a Águia voltara[40]
Contra o curso do céu, que ela seguira
Pós o herói, que Lavínia conquistara,

Duzentos anos já passados vira
Da Europa em confins de Deus essa ave,
Vizinha aos montes, donde se partira;

Das plumas sob a sombra ampla e suave,
De mão em mão o mundo há dominado,
'Té comigo reger do Império a nave.

---

40 Depois que Constantino transferiu o Império de Roma para Bizâncio. (N. T.)

César, Justiniano[41] fui chamado.
Do Amor, que sinto, por querer movido,
O supérfluo das leis hei cerceado.

Antes de ter a empresa cometido,
Uma só natureza acreditava[42]
Ter Cristo e andava nessa fé perdido.

Mas de Agapeto[43] santo que mandava
De Roma Santa Igreja, a voz potente
Levou-me à crença pura, que eu deixava.

O que então disse, eu vejo claramente,
Pois, como vês, contradição implica
Uma falsa asserção e outra evidente.

Quando eu cri no que a Igreja certifica,
Minha mente, de Deus por alta graça,
Logo à sublime empresa se dedica.

Belisário[44] a reger as armas passa;
No favor, que lhe deu poder divino
Sinal vi que me ordena a paz se faça. –

A responder-te, o que ouves tem destino;
Mais o que hei dito agora a tanto obriga,
Que a mor explicação dar-te me inclino.

---

41   Justiniano, imperador romano e grande legislador, que reinou duzentos anos depois de Constantino, pois começou o seu reinado em 527. (N. T.)
42   A doutrina de Eutíquio segundo a qual Cristo tinha só a natureza humana. (N. T.)
43   O papa Agabito. (N. T.)
44   Belisário, grande capitão que combateu na Itália contra os Godos. (N. T.)

Verás que sem razão vontade imiga
Move-se contra esse estandarte santo[45],
Quando o tenta usurpar, quando o profliga.

Pelos fatos verás respeito quanto
Mereceu desde a honra em que Palante[46]
Morreu por dar-lhe de soberano o manto.

Em Alba[47] sabes como foi constante
Por mais de anos trezentos 'té lutarem
Três contra três[48] por que ele fosse avante.

Sabes quanto ele fez por se curvarem
Vizinhos desde o roubo das Sabinas[49]
'Té Lucrécia[50] expirar e os Reis findarem.

Sabes que glória teve nas mãos dignas
De heróis, que Breno e Pirro[51] combateram,
E de outros reis coligações malignas;

Décios, Fábios, Torquato lhe deveram
E Quíncio Cincinato[52], que amo e louvo
A fama das vitórias, que tiveram;

---

45   O emblema do Império, que representava a águia. (N. T.)
46   Palante, companheiro de Eneias, morreu combatendo contra Turno. (N. T.)
47   Alba, cidade fundada por Ascânio, filho de Eneias. (N. T.)
48   Combatimento dos Horácios contra os Curiácios. (N. T.)
49   O rapto das mulheres dos Sabinos, efetuado pelos Romanos. (N. T.)
50   Lucrécia, mulher de Colatino, foi violentada por Tarquínio, daí resultando a rebelião dos Romanos contra a monarquia. (N. T.)
51   Breno: general dos Galos; Pirro: rei do Épiro. Ambos invadiram a Itália. (N. T.)
52   Décios: pai, filho e neto morreram pela pátria; Fábios: ilustre família romana; Torquatos: T. Manlio Torquato; Quíncio: Q. Lúcio Cincinato. (N. T.)

Calcou o orgulho do Africano povo,
Que por fraguras, donde, o Pó, te envias,
Sob Aníbal[53], abriu caminho novo.

Fez triunfar da juventude em dias
Cipião e Pompeu, e assaz desgosto
Causou às tuas pátrias serranias.

Perto dos tempos, em que o céu disposto
Havia, por seus fins, dar paz ao mundo.
Em mãos de César Roma o teve posto.

O que ele fez do Var ao Rin profundo
Isara há visto e o Era, há o Sena
E esse vale, onde o Rone é sem segundo.

Passando o Rubicon, após Ravena,
Com César a Águia tanto em voo alçou-se,
Que o não pôde seguir nem voz nem pena.

Depois que para a Espanha remontou-se,
A Durazzo e a Farsália acometia:
Do efeito o ardente Nilo perturbou-se.

O Simoente[54] e Antandro então revia,
Seu berço, em que a de Heitor cinza descansa;
E sem detença a Ptolomeu se envia.

Dali, qual raio, logo Juba alcança;
Depois volve-se às terras do Ocidente,
Onde os sons de Pompeu a tuba lança.

---

53 Aníbal, general cartaginês que invadiu a Itália. (N. T.)
54 Rio perto de Troia; Antadro, cidade da Frísia. (N. T.)

Nas mãos de outro o que fez essa ave ingente[55]
No inferno Bruto e Cássio estão sentindo,
Sofrem Perúgia e Módena tremente.

Cleópatra[56] inda vai triste carpindo
Atroce morte, que da serpe toma,
Da Águia os assaltos pávida fugindo.

Até o Roxo mar tudo a Águia toma,
E ao mundo tão serena a paz se inclina,
Que em fim de Jano as portas fecha Roma.

O que fez e faria a ave divina
Para trazer à fama sua aumento
Nesse império mortal, em que domina,

Parece escasso em seu merecimento,
Quando em mãos de Tibério a contemplamos
Com puro afeto e claro entendimento;

Pois que a viva justiça, que adoramos
Lhe há nessas mãos a glória concedido
De dar vingança às iras, que incitamos.

Sê, me ouvindo, de espanto possuído:
Águia a vingança do pecado antigo
Depois com Tito[57] há por tornar corrido.

---

55 Augusto vingou a morte de César. (N. T.)
56 Cleópatra, rainha do Egito, suicidou-se. (N. T.)
57 Tito destruiu Jerusalém, cujos habitantes tinham crucificado a Jesus Cristo. (N. T.)

Quando, mordida por lombardo imigo[58],
Gemia a Santa Igreja, à sombra da ave
Salvou-a Carlos Magno do perigo.

Podes julgar, portanto, do erro grave
Daqueles, cujas faltas hei notado,
Causa do mal que vês quanto se agrave.

Contra o sacro estandarte um tem hasteado
Áureo lírio[59], outro o quer por seu partido:
Custa dizer qual seja o mais culpado.

Gibelinos, no iníquo andar sabido
Outra bandeira sigam; que à justiça
Culto esta exige nunca interrompido.

Carlos novo[60] a batê-la em vão cobiça
Com Guelfos; temas as garras, que arrancaram
A mais forte leão juba inteiriça.

Mais de uma vez os filhos já choraram
Pelas culpas do pai: é louca a esperança,
De que de Deus favor lírios ganharam.

O planeta, em que habito agora, estança
É de almas generosas que honra e fama
Aspiraram do mundo na lembrança.

Quando os desejos deste modo inflama
O incentivo da glória, aos céus ascende
Do vero amor menos ativa a chama.

---

58 Desidério, último rei longobardo, foi derrotado por Carlos Magno. (N. T.)
59 As armas da Casa de França. (N. T.)
60 Carlos II de Anjou, chefe do partido guelfo. (N. T.)

Mas nossa dita em parte compreende
Dos méritos e prêmio no confronto:
Nem menor, nem maior nenhum se entende

Pois da viva justiça o feito pronto
Tanto os afetos nos ameiga e apura,
Que nequícia os não torce em nenhum ponto.

Vozes várias de sons formam doçura:
Assim os vários graus na eterna vida
Doce harmonia fazem nesta altura.

Nesta perla, em que estás, bela e polida,
Rebrilha de Romeu[61] claro luzeiro,
Virtude ínclita e mal agradecida.

Os provençais, pelo ato traiçoeiro,
Não se riram; caminho segue errado
Quem o bem de outro inveja sobranceiro.

Às filhas grato de rainha o estado
Conseguiu Beranguer: tal bem devia
A Romeu, nome humilde e não falado.

Preso na trama que a calúnia urdia,
Que aumentado no quinto o erário havia;
Do erário contas exigiu do justo,

Romeu partiu-se então pobre e vetusto:
Se o mundo o coração lhe aquilatara,
Quando, mendigo, se mantinha a custo,

Louvor muito maior lhe dispensara.

---

61 Romeu, segundo conta G. Villani, foi administrador de Raimundo Beranguer, conde de Provença, aumentando-lhe o patrimônio e conseguindo casar as filhas de Raimundo com quatro reis. Caluniado, não quis mais ficar na corte de Provença e, velho e pobre, desapareceu. (N. T.)

CANTO VII

Desaparecem os bem-aventurados cantando. Beatriz explica como a crucificação de Cristo restituiu ao homem a dignidade perdida, a liberdade que lhe foi conferida por Deus. Os anjos e os homens por sua natureza são livres e imortais. O homem, porém, pecando, abusou da sua liberdade e deformou a imagem de Deus que tinha em si. Não podia reparar a falta por si mesmo, pois não podia humilhar-se tanto quanto Adão, em seu orgulho, quis subir. A Deus convinha ou perdoar ou punir. Na sua sabedoria infinita, Deus perdoou e puniu no mesmo tempo. Puniu a humanidade em Jesus Cristo e nele a fez novamente livre.

"*Hosannah Sanctus Deus Sabaoth,*
Superillustrans daritate tua
Felices ignes horum malacòth[62]*!*"

Assim, voltando à melodia sua,
Cantar ouvi essa alma venturosa
Em quem dúplice lume se acentua.

Tornam todas à dança jubilosa,
E súbito da vista se apartaram
Velozes, como flama fulgurosa.

---

62 Expressão constituída por palavras latinas e hebraicas: "Salve, Deus dos exércitos, que iluminas com a tua luz os felizes lumes deste reino". (N. T.)

Disse entre mim, pois dúvidas me entraram:
Fala à senhora tua, fala; à sede
Rocio as palavras suas te deparam.

Torvação me assenhora e a voz me impede,
Que apenas B com I C E conjugava:
Acurvei, como quem ao sono cede.

Mas Beatriz do enleio me tirava,
Com sorriso, que a mente me ilumina
E aditara[63] entre as chamas começava:

"Como bem vejo, dúvida domina
A tua alma: a vingança, que foi justa,
Punição teve, da justiça digna?

Esclarecer-te o espírito não custa.
Atende bem: verdade preeminente
Das vozes minhas com a expressão se ajusta.

Aceitar não querendo, obediente,
Saudável freio, o homem, sem mãe nado[64],
Perdeu-se a si, perdeu a humana gente.

Muitos séculos enferma do pecado,
Jazeu ela não erro engrandecido
'Té que o Verbo de Deus fosse encarnado.

Por ato só do Eterno Amor, unido
À natureza se há, que ao mal se dera,
Depois de esquiva ao Criador ter sido.

---

63 Do verbo aditar, tornar feliz. (N. T.)
64 Adão. (N. T.)

No que vou te dizer bem considera.
A natureza, a que se uniu beni'no
Em pessoa, nasceu boa e sincera.

Por si mesma, fugindo em desatino
Da vereda da vida e da verdade,
Do Paraíso se exilou divino.

Da Cruz a pena, em face da maldade
Da natureza, a que Jesus baixara,
Foi a mais justa em sua gravidade.

Nunca injustiça igual se praticara,
Atenta essa Pessoa, que há sofrido,
Que à natureza humana se ajuntara.

Contrastes, pois, de um ato hão procedido[65]:
Folgam Judeus da morte a Deus jucunda,
Foi ledo o céu e o mundo espavorido.

E não te mova sensação profunda
Ouvir que uma vingança, que foi justa,
Vingada ser devia por segunda.

Vejo-te a mente por vereda angusta
Levada a estreito nó de dubiedade,
Que solver mor esforço ora te custa.

---

65 A morte de Jesus Cristo deu satisfação a Deus, porque reparava a ofensa de Adão, e deu satisfação aos Judeus pela raiva deles contra Jesus; a terra ficou espavorida pela crucificação de Deus, e o Céu ficou alegre porque se abria novamente à humanidade. (N. T.)

Dirás: 'discerne o que ouço, na verdade;
Mas porque Deus nos desse está-me oculto,
Remindo-nos tal prova de bondade'.

Este decreto irmão, está sepulto
Aos olhos do que ainda o entendimento
Não tem de Amor na flama ainda adulto.

É mistério em que luta o pensamento
Sem fruto conseguir de tal porfia,
Mas foi o melhor modo. Ouve-me atento!

A Divina Bondade que desvia
De si o desamor, arde e flameja,
Por eternais primores se anuncia.

Diretamente o que emanado seja
Dela é sem fim; eterna impressão fica
Do que no seu querer supremo esteja.

O que assim nasce, não sujeito fica
Das causas secundárias à influência
E liberdade plena significa.

Mais lhe apraz, se é conforme à sua essência:
Que o santo Amor que em toda cousa brilha,
Mais vivo é no que encerra esta excelência.

Aos homens de tais bens cabe a partilha:
De tais predicados se um falece,
Sua nobreza já decai, se humilha.

Só por pecado dessa altura desce;
Do Sumo Bem não mais reflete o lume,
Semelhança não mais dele oferece.

E o grau sublime seu não mais assume,
Se não contrapuser ao do pecado
Deleite mau das penas o azedume.

Quando o gênero humano, infeccionado
Todo no germe seu, foi dessa alteza
E do seu Paraíso deserdado,

Reaver só pudera (com certeza
Verás, se bem cogitas), intervindo
Um dos meios, que aponto por clareza:

Ou Deus, por graça infinda, remitindo;
Ou – porque, de si mesmo, se convença –
Das culpas suas o homem se remindo.

Para sondar a profundeza imensa
Dos eternos conselhos, prende à mente
As razões que o discurso meu dispensa.

O homem não podia, de indigente,
As dívidas solver: nunca pudera
Curvar-se tanto, humilde e reverente,

Quanto, rebelde, se elevar quisera.
Eis por que redimir-se do pecado
Só por si mesmo ao homem não coubera.

E, pois há sido do divino agrado,
Por clemência ou justiça e ambas juntando,
Ser ele à vida eterna aparelhado.

A feitura do Autor ao gosto estando
Inda mais, quando a imagem nos oferece
Do peito, de quem vem piedoso e brando,

A Bondade que em tudo transparece,
Em prol vosso os dois modos reunia:
Um somente bastar-lhe não parece.

Entre a noite final e o primo dia
Ato igual não se fez alto e formoso
Desse modo por um, nem se faria.

Dando-se, há sido Deus mais generoso,
Por que o home' a se erguer se habilitasse,
Do que só perdoando carinhoso.

Outro meio qualquer, que se empregasse
Não bastara à Justiça, se humilhando
De Deus o Filho à carne não baixasse.

Para de todo seres doutrinado
Eu torno a um ponto, por que vejas claro,
Como eu, o que zelosa hei te explicado.

Dizes: 'no fogo e no ar, se bem reparo
Na terra e n'água vejo e em seus compostos
Corrupção que destrói sem anteparo.

Dante Alighieri

Na criação por Deus foram dispostos:
De corrupção isentos ser deveram,
Certos sendo os princípios por ti postos'.

Criados, meu irmão, se consideram
Os anjos e dos céus o que há no espaço,
Inteiros, puros sempre quais nasceram.

Elementos e quanto no regaço
Da natura por eles se combina
De virtude criada oferecem traço.

Criou-lhes a matéria a lei divina,
Criando logo a força informativa,
Que nos astros, que os cercam, predomina.

Dos lumes santos moto e luz deriva
Dos brutos alma, e plantas igualmente,
Por compleição potencial passiva.

A vida nossa vem diretamente
De Deus, Supremo Bem, que em nós acende
Amor tal, que o deseja eternamente:

Daí, por dedução, também descende
Vossa ressurreição, se ao ser e à essência
Da humana carne o teu esp'rito atende,

Quando o primeiro par teve existência.

CANTO VIII

Dante e Beatriz elevam-se à estrela de Vênus, onde estão os espíritos daqueles que outrora foram propensos às paixões amorosas. Encontro com Carlos Martelo, o qual, referindo-se à índole mesquinha de seu irmão Roberto, lhe explica como se dá que de um bom pai possa nascer um filho mau e, enfim, quanto providencial é a Natureza nos seus decretos e quão vaidosos são os homens que não lhe seguem as indicações.

O mundo com perigo verdadeiro
Creu que Ciprina bela[66] dardejava
Louco amor do epiciclo que é terceiro.

Sacrifícios não só lhe consagrava,
Preces e votos essa antiga gente
No erro antigo fatal, que a transviava,

Mãe e filho adoravam juntamente,
Dione[67] e o seu Cupido, que fingiram
De Dido reclinado ao seio ardente[68];

---

66 Vênus. (N. T.)
67 Flha de Oceano e de Tétis, mãe de Vênus. (N. T.)
68 No I Livro da *Eneida*, Cupido, sob a aparência de Ascânio, leva a Dido os presentes de Eneias. (N. T.)

Dante Alighieri

Dessa falsa deidade o nome uniram
Ao planeta, que o Sol sempre namora,
Quando raiam seus lumes, quando expiram.

Como ao astro eu me alcei, a mente ignora,
Mas certo fui de haver lá penetrado,
Mais formosa por ver minha senhora.

Como se vê fagulha em fogo ateado,
Como uma voz é de outra discernida,
Firme o som de uma, o de outra variado,

Outros clarões notei na luz subida,
Mais ou menos velozes se volvendo,
Lá da eterna visão, creio, à medida.

Ou visíveis ou não, ventos rompendo,
Em rápida invasão, de nuvem escura,
Demorados estariam parecendo,

A quem pudesse ver cada luz pura,
Que ao nosso encontro vem deixando a dança
Que marcam serafins dos céus na altura.

Trás a grei, que primeiro nos alcança.
Tão doce hosana soa, que, incessante,
De inda ouvi-lo o desejo jamais cansa.

Dos espíritos um, que vem diante
Só principia: "Todos nós queremos
Quanto para aprazer-te for prestante.

Num só ardor e giro nos movemos
Cos Príncipes, celestes esplendores
De quem no mundo hás dito (bem sabemos):

'Vós, do terceiro céu sábios motores!'
Por te agradar nos é doce o repouso
Tão vivos são do nosso amor fervores!"

De Beatriz ao gesto luminoso
Depois que alcei os olhos reverente
E certo fui do seu querer donoso,

À luz, que se mostrou condescendente
Em tanto grau "Quem és" falei, de afeito
Estremecido possuída a mente.

Ó das palavras minhas raro efeito!
Maior a vi brilhar; nova delice
A alegria aumentou do claro aspeito.

"Bem pouco o mundo" a refluir-me, disse
"Me teve; se algum tempo mais vivesse,
Mal, que há de vir, por certo ninguém visse.

O júbilo que em torno me esclarece,
Aos teus olhos me encobre, como inseto,
Que dos seus véus de seda se guarnece.

Com razão me votaste o extremo afeto;
Pois, em mais longa vida, eu te mostrava
Por ações quanto me eras tu dileto.

Aquela região, que o Rone lava[69]
À sestra, quando ao Sorga corre unido,
Por senhor seu um dia me esperava.

Como da Ausônia[70] o litoral partido
Por Bari, por Gaeta e por Crotona.
Onde é do Tronto e Verde o mar nutrido.

Da coroa a fronte minha já se entona
Do vasto reino, que o Danúbio rega,
Quando as plagas tudescas abandona.

Trinácria[71], a cujos céus névoa carrega
Sobre o golfo, em que mais Euro embravece,
De Paquino a Peloro, em mor refega,

Que não Tifeu[72], mas súlfur escurece,
O trono guardaria à prole minha,
Que de Carlo e Rodolfo[73] antigos desce,

Se o mau jugo, que os povos amesquinha,
A gritar 'Morra! Morra!' não movesse
Palermo[74], a quem temor não mais continha.

---

69 Quem fala é Carlos Martelo, filho de Carlos II de Anjou e que Dante conheceu em Florença, em 1294. (N. T.)
70 Itália. (N. T.)
71 Sicília. (N. T.)
72 Segundo a lenda, o gigante Tifeu, sepultado na Sicília, expele fumo e caligem. (N. T.)
73 Carlos de Anjou e Rodolfo de Habsburgo. (N. T.)
74 Alusão às Vésperas Sicilianas. (N. T.)

Se mais prudência meu irmão[75] tivesse,
Dos Catalanos a indigência avara
Fugira, por que o mal seu não crescesse.

Urgente, na verdade, se tomara
Que, por si ou por outrem, não deixasse
Mais onerar a barca, que adernara.

Quando a índole nobre transtornasse
Avareza, milícia ter devia,
Que só de encher seus cofres não curasse".

"Como creio", tornei-lhe, "a essa alegria,
Que me infundes, Senhor, a origem tira
De Deus que todo bem finda e inicia.

Comigo a sentes: mor prazer me inspira.
Quanto me hás dito, me é no extremo caro,
Pois vês, de Deus no espelho tendo a mira.

Ledo me hás feito; assim tornar-me claro
O que por teu dizer está duvidoso:
Semente doce brota fruto amaro?"

"Vendo a verdade", disse, "pressuroso
Darás o dorso ao que ora dás o rosto,
Verás claro o que julgas tenebroso.

O Bem, que os céus, que sobes, há disposto,
Os move e alegra, sem pôr providência
Nestes corpos que vês virtude posto.

---

75 Roberto de Anjou. (N. T.)

E não só com perfeita previdência
Cousas terrestres acham-se ordenadas,
Mas as preserva a sua onipotência;

Porque as setas, deste arco arremessadas,
Predestinadas são a um ponto certo,
Infalíveis ao alvo endereçadas.

O céu aliás, aos olhos teus aberto,
Só feituras sem arte produzidas
Abrangera e ruínas no deserto.

Foram então de perfeição despidas
As Substâncias, que regem as estrelas
E a mão, que as fez assim destituídas.

Verdades são: mais claras queres vê-las?"
"Não", repliquei, "supor não poderia
Natura escassa em suas obras belas".

"Um mal, dize-me, fora", prosseguia,
Não ser o homem cidadão na terra?"
"Por certo; e a razão sei", lhe respondia.

"Sociedade haverá, se não encerra
Misteres vários, que cada um pratica?
Não, se o teu Mestre[76] em seu pensar não erra".

Deduzindo, a evidência significa,
E logo concluiu: "Causa diferente
Efeito diferente sempre indica.

---
76 Aristóteles. (N. T.)

Nasce um Sólon, e Xerxe outro é furente,
Melquisedeque ou Dédalo perito,
Que no ar perdeu o filho seu demente.

Perfeito é o giro pelos céus descrito;
Na cera humano o seu sinal fazendo,
Mas solar não distingue, nem distrito.

Daí vem que Esaú, logo em nascendo,
Difere de Jacó; toma Quirino[77]
Marte por genitor, seu pai vil sendo.

Natureza gerada, em seu destino
Seria sempre igual à que a fizera,
Se não vencesse o decretar divino.

O rosto ora diriges à luz vera;
Mas inda um corolário te ofereço,
Pois de agradar-te em mim desejo impera.

Sempre natura, se da sorte excesso
A contraste, produz fruto danado,
Como semente posta em solo avesso.

Se meditasse o mundo, desvelado,
Nos fundamentos, que natura lança,
De melhor gente fora povoado.

Mas quem próprio seria à militança
Na soledade monacal definha,
Bem pregara quem, Rei, em vão se cansa.

E fora assim da estrada se caminha".

---

77 Quirino Rômulo, fundador de Roma. (N. T.)

CANTO IX

Depois de Carlos Martelo, fala a Dante, Cunizza de Romano, irmã do tirano Ezzelino. Prediz-lhe iminentes desventuras na Marca de Treviso e de Pádua, e uma negra traição do bispo de Feltre. Folco de Marselha manifesta-se a Dante e lhe indica a alma resplandecente de Raab, que favoreceu os hebreus na conquista da Terra Santa. Invectiva contra Florença e contra a Cúria Romana.

Depois que Carlos teu, bela Clemência
Instruiu-me, narrou traições e enganos,
Que ter devia a sua descendência;

Mas disse: "Cala-te! Deixa o curso aos anos!"
Dizer só posso, pois, que justo pranto
Há de vir por vingança aos vossos danos.

E voltou-se de novo o lume santo
Para o Sol que de júbilos o enchia,
Sendo ele o Bem que para tudo, e tanto.

Ah! Mortais iludidos! Raça ímpia,
Que, em pensamentos fátuos se engolfando,
Do Bem Supremo os corações desvia!

Eis outro vi pra mim se encaminhando:
De aprazer-me a vontade anunciava,
O brilho da luz sua acrescentando.

Os olhos Beatriz em mim fitava,
Bem como de antes: grandioso assenso,
Ao meu desejo claramente dava.

"Ó ser bendito, ao meu querer intenso
Defere logo logo", exclamo, "e dá-me a prova
De que em ti se reflete o que ora penso".

A luz então, inda aos meus olhos nova,
Dês que a vi lá na altura onde cantava
Diz como quem cortês rogos aprova:

"Nessa parte da Itália opressa e escrava[78],
Que situada entre o Rialto[79]
E as nascentes do Brenta e do Piava,

Colina[80] vê-se que não surge ao alto:
Lá centelha, depois ígnea procela,
Que a toda a região deu grande assalto.

De um só tronco brotamos eu com ela.
Cunizza[81] me chamei: aqui resplendo,
Porque venceu-me a flama desta estrela.

---

78 A Marca Trevisana. (N. T.)
79 Veneza. (N. T.)
80 Onde está situado o castelo da família de Ezzelino de Romano. (N. T.)
81 Irmã de Ezzelino III, mulher de fama duvidosa pela sua vida livre, morta em Florença, onde talvez tenha se penitenciado. (N. T.)

Da sorte minha a causa não me sendo
Desgosto, eu ma perdoo alegremente
Talvez estranhe o vulgo o como entendo.

Da luz, que me está perto, refulgente[82],
Amada joia desta nossa esfera,
Revive grande a fama, e permanente

De séculos cinco mais será na era.
Vê se homem com razão à glória aspira,
Se extinta a vida, outra no mundo o espera!

A este alvo, porém, não levam mira
Os que o Ádige cerca e o Tagliamento[83]:
Nem dos seus erros o infortúnio os tira.

Punido em breve, o povo truculento
De Pádua o lago tingirá, que banha
Com as águas, de Vicência o fundamento;

Onde o Cagnan do Sile se acompanha
Se trama o laço que fará cativo
Quem mostra no perder soberba estranha[84].

Do ímpio Pastor procedimento esquivo[85]
Há de Feltro chorar, tal ribaldia
A Malta não levou nunca homem vivo.

---

82   É a alma de Folco de Marselha, trovador e poeta. (N. T.)
83   Os habitantes da Marca Trevisana. (N. T.)
84   Ricardo de Camino, senhor de Treviso, que foi morto traiçoeiramente pelos seus inimigos. (N. T.)
85   Alexandre Novello, bispo de Feltre, entregou ao Papa, em 1314, vários gibelinos de Ferrara, que foram condenados à morte. (N. T.)

De enormes dimensões tonel seria,
Que o sangue recebesse de Ferrara,
Pesá-lo o esforço humano esgotaria,

Em tal cópia o bom Padre o derramara
Em preito ao seu partido! Os dons malvados
Da terra sua a índole explicara.

Espelhos no alto (Tronos são chamados)
A nós refletem quanto Deus indica:
Crê, pois, ora nos fatos revelados".

Calando-se Cunizza significa,
Ao giro seu anterior voltando,
Que em diverso cuidado imersa fica:

Aquele[86], a que aludira, rebrilhando,
Com preclaro esplendor, mostrou-se à vista.
Como ao Sol rubi fino flamejando.

Alegria no céu fulgor aquista,
Como a nossa no riso se declara;
Mas os gestos no inferno a dor contrista.

"Deus vê tudo, e o teu ver nele se aclara",
Falei, "ditoso espírito: patente
Te é sempre quanto o seu querer depara.

Porque a voz tua, enlevo permanente
Do céu, de anjos no canto a sócia sendo,
Que em seis asas têm veste resplendente,

---

86   Folco. (N. T.)

Não satisfaz desejos, em que ardendo
Estou? Falara, sem mais ser rogado,
Se eu visse em ti bem como em mim estás vendo".

"O maior vale de águas inundado",
Desta arte a responder-me começava,
"Do mar, em torno à terra derramando,

Opostas plagas, se estendendo, lava
Contra o Sol, e assim faz meridiano
Esse horizonte, em que primeiro estava.

Nessa parte do val mediterrano[87]
Nasci, entre Ebro e Macra, que separa
Do domínio de Gênova o Toscano.

Quase um meridiano se depara
Para Bugia e o ninho meu querido:
Sangue dos seus seu porto avermelhara.

Chamei-me Folco e assim fui conhecido:
Este céu da luz minha é penetrado
Como eu fora da sua possuído;

Pois Dido[88], que ciúmes há causado
A Creusa e a Siquei, não mais ardera
Do que eu, enquanto à idade me foi dado;

---

87 Marselha, onde Folco morou. (N. T.)
88 Dido, rainha de Cartago, amando Eneias, ofendeu a Creusa, mulher de Eneias e ao seu marido Siqueu. (N. T.)

Nem Rodópea[89] infeliz, a quem perdera
Demofonte; nem Hércules outrora,
Que o coração a Iole[90] oferecera.

Não há remorso aqui; folga-se agora,
Não pela culpa, já no esquecimento,
Pela Virtude, cuja lei se adora.

Arte aqui se contempla, em que portento
Tão alto brilha; e o Bem se patenteia,
Que influir faz na terra o firmamento.

Para ser a medida toda cheia
Dos teus desejos, nados nesta esfera,
Do meu discurso inda prossegue a teia.

Ora queres saber a luz quem era,
Que aí perto de mim tanto cintila,
Como o Sol, que na linfa reverbera.

Sabe, pois, que ali vês leda e tranquila
Raab[91]: à nossa ordem reunida
Em grau superior clara rutila.

Foi neste céu, que a sombra procedida[92]
Da terra não alcança, em triunfando
Jesus Cristo, a primeira recebida.

---

89 Rodópea matou-se ao ser abandonada por Demofonte. (N. T.)
90 Iole, amante de Hércules, que, por ciúme, foi morto por Dejanira. (N. T.)
91 Raab, meretriz de Jericó, escondeu os espiões que Josué havia mandado a Jericó, facilitando a queda da cidade e, por isso, foi salva da morte, depois da vitória dos hebreus. (N. T.)
92 Segundo Tolomeu, a sombra da Terra se projetava até o limite de Vênus. (N. T.)

Devia dar-lhe um céu por palma, quando
Assinalar lhe aprouve a alta vitória,
Que na Cruz teve, as palmas entregando;

Pois que por ela começara a glória,
Que colheu Josué na Terra Santa,
Que se apagou do Papa na memória[93].

A tua pátria, que foi daquele a planta[94],
Que ao Criador revel primeiro há sido
E causou pela inveja aflição tanta,

Tem flor maldiçoada[95] produzido,
Que, ovelhas e cordeiros transviando,
Traz o pastor em lobo convertido.

O Evangelho, por ela, abandonado
E os Doutores, às páginas usadas
Das Decretais[96] estão muitos se aplicando.

O Papa e os Cardeais, nisto engolfadas
Tendo as ideias, Nazaré esquecem,
Que viu do Arcanjo as asas desdobradas.

Mas Vaticano e os sítios que enobrecem
A Roma e têm sido o cemitério
Dos que, fiéis a Pedro, lhe obedecem,

Livres serão em breve do adultério".

---

93   O Papa não se interessa pela Terra Santa, que está sob o domínio dos Sarracenos. (N. T.)
94   Florença teve origem demoníaca. (N. T.)
95   O dinheiro, o florim de ouro de Florença. (N. T.)
96   Os livros das leis canônicas, que asseguravam vantagens aos eclesiásticos. (N. T.)

CANTO X

Depois de admirar a infinita sabedoria de Deus na criação do Universo, narra o Poeta como sem aperceber-se achou-se elevado ao Sol, em que estão as almas dos doutos na teologia. Doze espíritos mais reluzentes o circundam, e um deles, Santo Tomás de Aquino, revela o nome dos seus companheiros.

O poder inefável e primeiro,
O Filho a contemplar com Amor sublime,
De um e outro, eternal, vindo o terceiro,

Quanto à vista e à razão nossa se exprime
Com tal ordem criou, que, o efeito vendo,
De adorar seu Autor ninguém se exime.

As esferas, leitor, olhos erguendo
Nota a parte, onde estão dois movimentos
Um para o outro oposição fazendo.

E começa a mirar de arte os portentos,
Que tanto dentro em si o senhor ama,
Que lhes tem sempre os olhos seus atentos.

Vê como desse ponto se derrama
Em linha oblíqua, o círculo, que transporta
Os planetas que o mundo aguarda e chama.

Se lhes assim, não fosse a estrada torta,
Muita força no céu fora perdida
E aqui potência quase toda morta.

Se fora essa vereda preterida
Mais ou menos, ficara transtornada
A ordem no universo estatuída.

Ora, leitor, meditação pausada
Faz de quanto comigo prelibaste:
Leda a mente hás de ter, não saciada.

Dou-te iguaria: come, pois, se praz-te.
A matéria, em que escrevo, não consente,
Nem por instantes, que a atenção se afaste.

Da natura o ministro mais potente
Que a influência do céu na terra imprime
E o tempo mede com sua luz fulgente,

À parte, que outro verso acima exprime,
Se unindo, para o ponto se volvia,
Onde mais cedo as trevas nos dirime.

Já no seu seio estava e o não sabia,
Como não pode alguém seu pensamento
Saber, quando inda à mente não surgia.

E Beatriz, em quem notava aumento
De bem para melhor, tão de repente,
Que o tempo fora ante o seu ato lento,

De si mesma quanto era refulgente!
O que era lá no Sol onde eu me entrara,
Não por cor, por seu brilho mais nitente,

Posto que arte, uso, engenho me ajudara
Descrever por imagens não pudera;
Mas crer se pode e ver-se desejara.

Não se estranhe, se baixa parecera,
Querendo a tanto alar-se, a fantasia;
Além do Sol ninguém olhos erguera.

Quarta família[97] aqui resplandecia
Do Sumo Pai, que sempre da Trindade
No inefável espetáculo a sacia.

E disse Beatriz: "Tanta Bondade
Humilde ao Sol dos anjos agradece,
Que ao Sol sensível te alça à claridade".

Peito mortal jamais ardor aquece
De sentir tão devoto e tão piedoso,
Que a Deus a gratidão inteira expresse,

Quanto é meu ao convite carinhoso.
E em tanto enlevo o coração se acende,
Que a Beatriz olvida, fervoroso.

---

97 As almas que estão no Sol, que é o quarto Céu. [N. T.]

Não lhe despraz, e no seu riso esplende
Tanto brilho dos olhos expressivos,
Que do êxtase profundo me desprende.

Fulgores então vi claros e vivos,
De nós centro de si coroa fazendo,
Mais suaves em voz que em luz ativos.

A filha de Latona[98] se movendo
Vemos assim de um cinto rodeada,
No ar úmido as cores, se mantendo.

Dos céus a corte, donde volto, ornada
De joias 'stá sublimes e formosas:
Só nos céus pode a estima lhes ser dada.

As vozes eram tais, que ouvi donosas.
Quem não tem plumas para ir lá voando
Pergunte a um mudo cousas portentosas.

Aqueles sóis, em torno a nós cantando,
Volveram-se três vezes: semelharam
Astros em roda aos polos circulando.

Damas imitam, que no baile param,
Em silêncio outras notas esperando
Para seguir na dança que encetaram.

E uma voz do seu seio disse: "Quando
Da Graça o raio em que o amor se acende
Sublime, pelo amor se acrescentando,

---

98 Diana ou a Lua. (N. T.)

Multiplicado em ti tanto resplende,
Que te conduz pela celeste escada,
Que a subir torna quem de lá descende,

O que à sede em que tens a alma abrasada
Vinho negasse, irmão, livre não fora,
Qual linfa de correr embaraçada.

Saber desejas como a coroa enflora,
Que cinge, contemplando-a a pulcra Dama,
Que para o céu te guia protetora.

Um anho fui da santa grei que chama
De Domingos a voz pelo caminho,
Onde prospera só quem mal não trama.

Tomás de Aquino[99] sou; me está vizinho,
À destra de Colônia o grande Alberto[100]
A quem de aluno e irmão devo o carinho.

Se dos mais todos ser desejas certo,
Na santa coroa atenta cuidadoso,
A tua vista a voz siga-me perto.

Nesse esplendor sorri-se jubiloso
Graciano[101] que num e noutro foro
Digno se fez de ser no céu ditoso.

---

99 Santo teólogo (1225-1274). (N. T.)
100 O célebre teólogo Alberto Magno. (N. T.)
101 Graciano de Chiusi, na Toscana, escreveu no século XII um volume de Cânones eclesiásticos, que foi chamado O Decreto de Graciano. (N. T.)

Aquele outro ornamento deste coro
Foi Pedro[102]: como a pobre a oferenda escassa,
À Santa Igreja deu rico tesouro.

A quinta luz[103], que as mais em lustro passa
Se acende em tanta luz, que anela o mundo
Saber se goza da celeste Graça.

O alto esp'rito encerra, tão profundo,
Que se o Verbo de Deus é verdadeiro,
De saber tanto não se alçou segundo.

Ao lado seu lampeja esse luzeiro[104],
Que os anjos, seu mister, sua natura
Em conhecer na terra foi primeiro.

Sorri na luz menor, serena e pura,
Dos séculos cristãos esse advogado[105]
De Agostinho tão útil à escritura.

Se os olhos da tua mente acompanhado
De luz em luz me tens nestes louvores
Saber já tens da oitava desejado.

Do Sumo Bem se enleva nos fulgores
Essa alma santa[106], havendo demonstrado
As mentiras do mundo e os seus rigores;

---

102 Pedro Lombardo, bispo de Paris, morto em 1164 que, ao oferecer à Igreja o seu livro *Sentenciaram* comparava-se à viúva do Evangelho de São Lucas, XXI. (N. T.)
103 O sapiente rei Salomão, filho de Davi. (N. T.)
104 Dionísio Aereopagita, que escreveu uma obra *De Coelesti Hierarchia* (N. T.)
105 Paulo Orósio, que, aconselhado por Santo Agostinho, escreveu a *História*, em defesa da religião cristã. (N. T.)
106 Severino Boécio, autor do livro "De consolatione philosophiae", aprisionado e, depois, morto por Teodorico em 524. (N. T.)

Jaz daquela alma o corpo despojado
Em Cieldauro; e ela veio à paz divina
Após martírio e exílio amargurado.

Mais longe, em cada flama purpurina,
Beda, Isidoro estão, Ricardo[107] esplende,
Que além do humano o pensamento afina.

Esse, de quem tua vista se desprende
A mim tornando, achou, grave e prudente,
Que morte pronta um grande bem compreende:

É Siger[108], que assim luz eternamente.
Na rua de Fouare lera outrora
Verdades, que ódio hão provocado ingente".

E qual relógio, que nos chama em hora,
Em que, desperta, do Senhor a Esposa
Matinas canta e o seu amor implora;

Que, no girar das rodas, tão donosa
Nota faz retinir, de amor enchendo
Devota alma, que o escuta fervorosa;

O glorioso círc'lo, se movendo,
Assim vi eu, com tal suavidade
E doçura de vozes, que compreendo

Só haja iguais do céu na eternidade.

---

107 Beda: bispo inglês; Ricardo: padre de Escócia; Isidoro: Santo Isidoro de Sevilha; os três doutos teólogos. (N. T.)

108 Siger de Brabante, professor de teologia na Universidade de Paris no século XIII, a qual tinha a sua sede na Rua Fouare. (N. T.)

CANTO XI

Dante elogia a vida contemplativa. As palavras proferidas no canto anterior por Santo Tomás criam duas dúvidas no ânimo do poeta. O santo, tratando de resolver a primeira, esboça a vida de São Francisco de Assis.

Ó dos mortais aspirações erradas!
Em que falsas razões vos enlevando
Tendes à terra as asas cativadas!

Qual seguia o direito; qual buscando
Já aforismos; qual o sacerdócio;
Qual reinava, sofisma ou força usando;

Qual roubo amava, qual civil negócio;
Qual, a salaz deleite entregue a vida,
Afanava-se; qual passava no ócio;

Enquanto eu, livre da terrena lida,
Ao céu com Beatriz me alevantava,
Aceito lá com glória tão subida.

Cada alma santa ao ponto já tornava
Do círculo em que de antes demorara;
E como círio em candelabro estava.

Então da luz, que de antes me falara
Voz suave escutei; e assim dizendo
Do seu brilho a pureza se aumentara:

"O lume eterno, em que me inspiro e acendo,
Eu, contemplando, claramente leio
Teu pensamento e a origem lhe compreendo.

Desejas tu, da dúvida no enleio,
Que eu aproprie da tua mente à esfera
O que dizer-te, há pouco, me conveio.

Eu te disse, caminho onde prospera[109],
'De saber tanto não se alçou segundo'.
Aqui é, pois, que a explicação te espera.

A Providência, que governa o mundo
Com tão sábio conselho, que, torvada
Sente a vista quem quer sondar-lhe o fundo.

Por ser ao seu dileto encaminhada
Casta Esposa daquele, que alto grito,
Desposando-a, soltou na Cruz Sagrada,

Com ânimo mais forte e à fé restrito,
Dois príncipes, lhe deu, que, em seu desvelo,
O caminho mostrassem-lhe bendito.

Um seráfico[110] foi no ardor do zelo,
Outro[111] ostentou, por seu saber na terra,
De querúbica luz esplendor belo.

---

109 V. Canto X, v. 95-96 e 114. (N. T.)
110 São Francisco de Assis. (N. T.)
111 São Domingos. (N. T.)

Dante Alighieri

De um só te falarei; pois num se encerra
O que de outros aos louvores mais se estende:
Quem der aos dois o mesmo fim não erra.

Entre Tupino e o rio, que descende[112]
Do outeiro, que escolhera santo Ubaldo,
Fértil encosta de alto monte pende.

Dali baixa a Perúgia o frio e o caldo
Pela porta do Sol; atrás padece
Em duro jugo Nócera com Gualdo.

Onde o declive menos agro desce
Nasceu ao mundo um Sol tão luminoso,
Como o que ao Gange às vezes esclarece.

Desse lugar quem fale portentoso
Não diga Assis, que pouco declarara:
Chame Oriente o berço glorioso.

Do nascente este Sol pouco distara,
Quando o conforto a receber a terra
Já das virtudes suas começara.

Contra seu pai, adolescente, em guerra
Entrou por dama, a quem bem como à morte[113],
Ninguém a porta com prazer descerra.

Então da Igreja a recebeu na corte,
Et coram patre, por esposa amada
E amor votou-lhe cada vez mais forte.

---

112 Descreve a situação geográfica da cidade de Assis, na qual São Francisco nasceu. (N. T.)
113 A pobreza. (N. T.)

Vivera ela viúva e desprezada[114]
Séculos onze e mais, e de outro amante,
Senão deste, não fora requestada;

Em vão se disse que no lar, constante,
De Amiclas[115] a encontrou esse guerreiro,
De quem tremera o mundo titubante;

Em vão fiel, de coração inteiro,
Quando Maria ao pé da Cruz ficara,
Com Cristo ela subira-se ao madeiro.

Para fazer minha linguagem clara,
Em suma, o nome sabe dos amantes:
Com pobreza Francisco se casara.

Dos dois santa união, ledos semblantes,
Seu terno olhar e afeito milagroso
Dão a todos lições edificantes.

Aquela paz anela cobiçoso
Venerável Bernardo[116] que, primeiro,
Descalço corre e crê ser vagaroso.

Riqueza inota! Ó Bem só verdadeiro!
Descalço vai Egídio, vai Silvestre[117],
Porque amam-na, do esposo no carreiro.

---

114 O primeiro esposo da Pobreza foi Jesus e, por isso, ela ficou viúva por mais de onze séculos. (N. T.)
115 Júlio César ficou admirado pela alegre pobreza do pescador Amiclas (V. Lucano, Farsálias V, 519). (N. T.)
116 Primeiro companheiro de São Francisco. (N. T.)
117 Companheiros de São Francisco. (N. T.)

Dali se parte aquele pai e mestre
Com terna esposa e com família santa
Que de corda o burel cinge campestre.

Não baixa os olhos, nem se torna e espanta
Por filho ser de Bernardone[118] obscuro,
Nem por sofrer desdém em cópia tanta.

Mas afouto mostrou o intento duro
A Inocêncio[119] de quem primeiro obteve
Assenso ao regimento austero e puro.

E quando a pobre grei progresso teve,
Após aquele, a cuja heroica vida
Melhor no céu louvor de anjos se deve,

Foi a coroa segunda concedida
Por Honório[120], que o Santo Espírito alenta
Daquele arquimandrita[121] a santa lida.

Em breve a sede do martírio o tenta[122],
E do soldão soberbo na presença
Cristo anuncia e a lei que o representa.

Vendo rebelde o povo à nova crença.
Por não ficar seu zelo sem proveito
Da Itália volta para a messe extensa.

---

118 Pietro Bernardone, pai de São Francisco. (N. T.)
119 Inocêncio III, papa que deu autorização à Ordem Franciscana, em 1214. (N. T.)
120 Honório III, que, em 1223, pela segunda vez, aprovou a Ordem de São Francisco. (N. T.)
121 Pastor. (N. T.)
122 São Francisco, em 1219, esteve no Egito tentando converter os infiéis, mas voltou logo para a Itália. (N. T.)

Na dura penha, que se interpõe ao leito[123]
Do Tibre e do Arno, o derradeiro selo
Cristo lhe pôs: dois anos dura o efeito.

Quando a Deus, que a bem tanto quis movê-lo,
O prêmio prouve dar-lhe merecido,
Na humildade cristã por seu desvelo,

Essa esposa, que amara estremecido,
Aos irmãos confiou por justa herança,
Para afeto lhe terem sempre fido.

Do seio da pobreza então se lança,
Tornando ao reino seu, a alma preclara:
Nesse jazigo o corpo seu descansa.

Pensa, pois, o que foi quem Deus julgara
Digno após ele, de reger a barca
Que Pedro, no alto mar encaminhara.

Coube a tarefa ao nosso patriarca:
Quem, fiel, aos preceitos lhe obedece,
Sabe tesouros arrecadar na arca.

Sua grei novo pascigo apetece,
E tanto é dos desejos impelida,
Que em diferentes campos aparece.

Quanto mais cada ovelha é seduzida
Do mundo pelo pérfido atrativo,
Tanto mais ao redil volta inanida.

---

123 No monte Alvérnia, no Casentino, São Francisco recebeu os estigmas de Jesus crucificado e os manteve por dois anos, pois depois de dois anos morreu. (N. T.)

Poucas temendo o lance decisivo,
Acolhem-se ao pastor: escasso pano
É já para vesti-las excessivo.

Se claro te falei, livre de engano,
Se tens estado ao que te digo atento,
Se da memória não receias dano,

Ao teu desejo, em parte, dei contento,
Pois da planta bem vês qual seja a rama;
E o corretivo está neste argumento:

'Onde prospera só quem mal não trama'".

CANTO XII

Acabando Santo Tomás de falar, ajunta-se à primeira coroa de doze espíritos resplendentes, mais uma coroa de igual número de espíritos. Um destes, São Boaventura, franciscano, tece louvores a São Domingos. Depois dá notícia acerca dos seus companheiros.

Quando o lume bendito proferira
Do discurso a palavra derradeira,
A coreia, como eu já a vira,

Inda uma volta não fizera inteira,
Logo outra turma em círculo a encerrava
Em voz acordes ambas e em carreira.

Essa harmonia tanto superava
Das Musas e sereias a cadência,
Quanto ao reflexo a luz que rutilava.

Como arcos dois das nuvens na aparência
Curvam-se iguais na cor e equidistantes,
Se de Íris[124] Juno exige diligência,

---

124 Personificação mitológica do arco-íris. (N. T.)

Nascendo um do outro, em forma semelhantes,
Qual voz da que de amor foi consumida[125]
Como do Sol as névoas alvejantes,

E crer fazendo que há de ser mantida
A promessa, a Noé por Deus firmada,
De não ser mais a terra submergida:

Assim de nós em torno ia agitada
Cada grinalda das perpétuas rosas,
Uma com outra em tudo conformada.

Tanto que a dança e festa jubilosas,
Por cantos e esplendores flamejantes
Dessas luzes suaves e amorosas,

Quedar eu vi nas rotações brilhantes,
Quais olhos, juntamente ao nosso grado,
Se abrindo e se fechando vigilantes,

De um dos novos clarões[126] voz, que, enlevado,
Volver-me para si fez de repente,
Qual à estrela polar ímã voltado:

"Amor", diz, "que a beleza dá-me ingente
Me induz a te falar do Mestre Santo,
Que ao meu foi de louvor causa eminente.

Um se memore onde outro brilha tanto:
Sob a mesma bandeira hão militado;
Brilha a glória dos dois também no canto.

---

125 Qual voz do que de amor foi consumida, como voz da ninfa Eco que se consumiu pelo amor por Narciso. (N. T.)
126 A alma de São Boaventura. (N. T.)

De Cristo, a tanto custo restaurado,
O exército o estandarte seu seguia,
Já raro, lento, de temor tomado,

Quando à milícia, que o valor perdia
O Eterno Imperador deu provimento,
Só por Graça: esse bem não merecia;

E da Esposa enviou por salvamento
Dois campeões, de cuja voz movida,
A transviada gente cobra o alento.

Na terra[127], em que, ao seu hábito, convida
O Zéfiro a se abrirem novas flores,
De que se vê a Europa revestida,

Em plaga, onde se embate em seus furores
O mar, em que, o seu curso terminado,
O Sol esconde às vezes seus ardores,

Jaz Calaroga em solo afortunado,
Que o poderoso escudo[128] protegera,
No qual leão subjuga e é subjugado.

Ali o atleta heroico à luz viera,
Da fé cristã esse indefesso amante,
Que, aos seus beni'no, aos maus guerra fizera.

Foi virtude em sua alma tão possante,
Que, ainda estando no materno seio,
Do porvir fez a mãe vaticinante.

---

127 Na Espanha. (N. T.)
128 O escudo dos reis da Castela representava dois leões, um embaixo e outro em cima de um castelo. (N. T.)

Quando a firmar-se o desposório veio
Entre ele e a Fé, na fonte consagrada,
De muita salvação seguro meio,

De dar pôr ele o assento a encarregada[129]
A messe viu em sonhos milagrosa,
Que dele e herdeiros seus era esperada.

Do seu destino em prova portentosa,
Anjo baixou ao fim só de chamá-lo
Do Senhor de quem era a alma piedosa.

Domínico foi dito e eu dele falo,
Como o operário, que elegera Cristo,
Da vinha no lavor para ajudá-lo.

Servo e enviado mostrou ser de Cristo
Por quanto o amor primeiro, que há mostrado,
Foi a primeira lei que nos deu Cristo.

Muitas vezes a mãe o achou prostrado,
Em profundo silêncio e bem desperto,
Como a dizer: 'A isto eu fui mandado'.

Oh! Foi seu genitor feliz por certo!
Oh! Sua mãe realmente foi Joana[130]
Se há no sentido que lhe dão, acerto!

---

129 Quando no batismo de São Domingos, a madrinha o viu com uma estrela na testa. (N. T.)
130 Joana, em hebraico, tem o significado de "portadora de graças". (N. T.)

Não pelo amor do mundo, que se engana,
Do Ostiense e Tadeu[131] nos livros lendo,
Mas de Jesus pelo maná se afana,

Sapiente doutor em breve sendo,
Da santa vinha guarda vigilante,
Que presto seca, pouco zelo havendo.

De Roma à sede quando foi perante,
Que aos justos era compassiva outrora,
Hoje, por culpa do que[132] a rege, errante,

Onzenárias dispensas não lhe implora,
Nem primeira prebenda, que vagasse,
Nem dízimas, que são do pobre, exora.

Mas contra o mundo, que no qual compraz-se,
Pede o favor de defender a planta[133],
Da qual tens flores vinte e quatro em face.

Com seu querer e com doutrina santa,
Como a torrente, que da altura desce,
De apóstolo por zelo o mundo espanta.

Dos hereges se arroja à infanda messe,
E onde a resistência mais porfia
Das forças suas o ímpeto recresce.

---

131 Ostiense: o cardeal Henrique de Susa, que comentou os "Decretais"; Tadeu Aldreotti: florentino, médico; ou, segundo outros comentadores, Tadeu dei Pepoli, jurista bolonhês. (N. T.)
132 De Bonifácio VIII. (N. T.)
133 A fé de que se alimentaram os espíritos dos vinte e quatro teólogos que estão na presença de Dante. (N. T.)

Dele brotaram rios, que hoje em dia
Têm o jardim católico regado
E aos seus arbustos dão viço e valia.

Se tal foi uma roda do afamado
Carro, em que defendeu-se a Santa Igreja,
E a civil guerra em campo há superado,

Da outra o alto mérito qual seja
Já te disse Tomás, eu stando ausente:
Dele nas vozes seu louvor lampeja.

Porém daquela roda o sulco ingente
Ficou em desamparo tal, que o lodo
Onde era a flor domina tristemente.

Vê-se a família sua por tal modo
Da vereda de outrora transviada,
Que esqueceu-lhe as pegadas já de todo.

Logo a cultura má será provada
Na seara, zizânia sendo ao vento,
Em vez de ir ao celeiro, arremessada.

Que nosso livro folheasse atento
Veria, creio, página, em que lesse:
'Sou, como sempre, de impureza isento'.

Em Casal e Água-Sparta[134] igual não vê-se:
Lá de tal jeito entende-se a Escritura,
Que um tíbio a foge, outro excessivo a empece.

---

134 Alude à divisão dos franciscanos em dois partidos, um chefiado por libertino de Casale e outro por Mateus d'Acquesparta. (N. T.)

De Bargnoregio eu sou Boaventura,
Que, exercendo altos cargos, repelia
Dos interesses temporais a cura.

Vê, dos irmãos descalços primazia,
Iluminato, de Agostinho[135] ao lado:
Cada qual no burel por Deus ardia.

Hugo vê de São Vítor premiado
Como Pedro Mangiadore e Pedro Hispano[136]
Pelos seus doze livros celebrado.

Natã Profeta e o Metropolitano
João Crisóstomo, Anselmo e o afamado
Donato[137], na primeira arte sob'rano.

Vê Rabano, a brilhar vê ao meu lado
O calabrês Abade Giovachino[138],
De espírito profético dotado.

Aos louvores do excelso paladino
Moveu-me a caridosa cortesia,
O dizer sábio de Tomás de Aquino,

E comigo a esta santa companhia.

---

135 Iluminato e Agostinho: dois companheiros de São Francisco. (N. T.)
136 Hugo de São Vítor, Pedro Mangiatore e Pedro Hispano: egrégios teólogos. (N. T.)
137 Natã: o profeta que repreendeu Davi; São João Crisóstomo: patriarca da Igreja; Donato: gramático latino; São Anselmo: bispo de Canterbury. (N. T.)
138 Rabano e o abade Giovachino: escritores sacros. (N. T.)

CANTO XIII

O Poeta descreve a dança das duas coroas de espíritos celestes. Santo Tomás resolve a segunda dúvida de Dante. Adão e Jesus Cristo são seres perfeitíssimos, por serem obra imediata de Deus. Mas ele não pode ser comparado nem a Adão nem a Jesus Cristo. Conclui o Santo advertindo do perigo dos juízos precipitados, e de quanto é sujeito a enganar-se quem julga das coisas pelas aparências.

O que hei visto e refiro quem deseja
Entender, imagine (e bem esculpida,
Como em rocha, na mente a imagem seja)

Quinze estrelas, que luz tanta espargida
Tem por celestes regiões diferentes,
Que é do ar a espessura esclarecida,

Da carroça imagine as refulgentes
Rodas, sempre girando, noite e dia,
Pelos espaços do céu nosso ingentes;

Da trompa a boca mostre a fantasia,
Que lá no extremo do axe, ao qual a esfera
Primeira contorneia, principia.

Se em signos dois tais astros considera,
Iguais à coroa que no céu fulgura,
Dês que Ariadne[139] à morte se rendera;

E, os raios misturando da luz pura,
Para lados contrários se movendo
Aqueles círculos dois na etérea altura:

Imagine, mas quase a sombra tendo
Dos versos astros, dessa dupla dança,
Que em torno a nós estava se volvendo.

Que a verdade essa imagem tanto alcança,
Quanto a Chiana[140] a rapidez imita
Do céu, que a todos os mais céus se avança.

Nem Pean[141] cantam, nem de Baco a grita;
Mas Três Pessoas com divina essência
E numa o humano ser, que a Deus se adita.

Os hinos tendo e a dança intermitência
Em nós os santos lumes se fitaram;
Compraz-lhes dos cuidados a sequência.

O silêncio que os coros dois formaram,
As vozes rompem, que a espantosa vida
Do mendigo de Deus[142] me recontaram.

---

139 Filha de Minos, depois de morta, foi transformada por Baco numa constelação. (N. T.)
140 Rio da Toscana. (N. T.)
141 Hino que os antigos cantavam nas festas de Apolo. (N. T.)
142 São Francisco. (N. T.)

"Quando a palha é do trigo dividida,
Quando a colheita fica enceleirada,
A bater outra doce Amor convida.

Crês que ao peito onde a costa foi tirada[143]
Para a boca gentil formar motivo
Da pena ao mundo inteiro fulminada,

E ao da aguda lança o golpe esquivo[144]
Padeceu e a balança, em morte e vida,
Da culpa alçou com peso decisivo,

Quanta ciência aos homens permitida
Ser poderia pela mão divina,
Que um e outro criou, fora infundida.

Tua mente, pois, a dúvidas se inclina
Me ouvindo que em ciência sem segundo[145]
Subira quem a luz quinta domina.

Olhos abre à razão, em que me fundo:
Como teu crer confundida tens de vê-la
Na verdade, qual centro num rotundo.

O que não morre, o que por morte gela
É só esplendor da Ideia, que, nascendo
Do Senhor nosso, o seu amor revela;

---

143 Adão, de cuja costa foi tirada Eva, a qual comeu a maçã que foi fatal para a humanidade. (N. T.)
144 Jesus Cristo. (N. T.)
145 Salomão. (N. T.)

A Divina Comédia – Paraíso

Por quanto essa luz viva, procedendo
Do foco seu, do qual se não desune,
Nem do Amor, que o terceiro fica sendo,

Só por Bondade sua, o fulgor une,
Como em espelho, em céus nove, e o concentrando,
Tem a unidade eternamente imune.

As últimas potências se abaixando,
Já de ato em ato enfraquecida fica,
As breves contingências vai formando.

Contingências palavra é que te indica
Essas cousas, que o céu, no movimento,
Com semente ou sem ela multiplica.

Não mostra arte ou substância um só intento
E modo, mais ou menos transluzindo
O selo do Supremo Entendimento.

Vê-se, pois, a mesma árvore produzindo,
Segundo a espécie, ou bons ou ruins frutos;
E vós à luz com várias manhas vindo.

Brilhava o selo inteiro nos produtos,
Se a cera em ponto apropriado fora,
E os influxos do céu nunca interruptos;

Porém natura as impressões desdoura,
Procedendo, assim como faz o artista:
Treme-lhe a mão que é da arte sabedora.

E, pois, se ardente amor a clara vista
Da virtude primeira imprime e adapta,
A perfeição aqui toda se aquista.

Assim a argila foi condigna e apta
A toda perfeição da criatura,
E concebeu a Virgem pura, intacta.

Segues, portanto, opinião segura:
Como nos dois jamais tão alta há sido,
Nem jamais há de ser vossa natura.

Se eu porventura houvesse concluído,
Com razão me tiveras perguntado:
'Como disseste, igual não tem subido?'

Da verdade por seres informado,
No que era pensa e à sua escolha atende,
Quando 'Pede' por Deus foi-lhe ordenado.

Claro falei, tua mente bem compreende
Que foi Rei quem pediu sabedoria
Para fazer o que o bom Rei pretende.

Não quis saber qual número seria
Dos motores ao céu, nem se necesse
Com contingente um seu igual faria[146].

---

146 Se duas premissas, uma necessária e outra contigente, tivessem consequência necessária. (N. T.)

Non si est dare primum motum esse[147],
Ou se um triângulo sem ter ângulo reto
Traçar em semicírculo se pudesse.

E pois, o dizer meu que ora completo,
Quando falava na sem par ciência,
A prudência real ia direto.

Dando ao 'Subiu' devida inteligência,
Hás de ver que somente aos Reis se aplica,
Muitos na soma, poucos na excelência.

E feita a distinção que exposta fica,
Meu dizer à tua fé no pai primeiro
E em nosso Redentor não contraindica.

Prende assim chumbo ao pé sempre; ligeiro
Não vás, imita o caminhante lasso;
Ao não ao sim não corre aventureiro.

Mostra ser dos estultos o mais crasso
Quem afirma, quem nega leviano
Sem distinção ou num ou noutro passo.

Daí vem muitas vezes por seu dano,
Que o juízo do vulgo se transvia
E o entendimento enleia afeto insano.

Mais do que em vão do porto se desvia:
Incólume não volta da jornada
Quem pós verdade da arte não seguia.

---

147 Se se deve admitir a existência de um movimento que não derive de outro. (N. T.)

A prova dão, por fatos confirmada
Parmênides, Melisso, Brisso[148] e quantos
Partiram sem saber o rumo e a estrada.

Assim Ário fez, Sabélio[149] e tantos,
Que, como espadas, deram na Escritura,
Mutilando o sentido aos textos santos.

Quem no julgar as cousas se apressura
Imita aquele, que estimasse o trigo,
Quando a seara inda não está madura.

No inverno hei visto espinho dar castigo
Ao que imprudente as ramas lhe tocara;
Rosas depois oferecia amigo.

E nau vi, que segura navegara,
Em viagem feliz, o salso argento,
Soçobrar, quando o posto já tomara.

De Deus antecipar-se ao julgamento
Não queiram Dona Berta e Dom Martinho[150]:
Se um rouba e é outro às oblações atento,

Pode um se erguer, cair outro em caminho".

---

148 Flósofos gregos, confutados por Aristóteles. (N. T.)
149 Ário e Sabélio: hereges condenados pela Igreja. (N. T.)
150 Nomes de pessoas comuns e ignorantes. (N. T.)

CANTO XIV

Beatriz pergunta a um espírito celeste, em nome de Dante, se depois da ressurreição dos corpos permanecerá a luz que emana de suas almas e se essa luz não prejudicará a sua vista. O espírito responde que, depois da ressurreição, a vista dos espíritos aumentará. Aparecem novos espíritos. Sem perceber, Dante encontra-se no planeta Marte, onde estão aqueles que defenderam com as armas a religião cristã. Aí o aspecto do céu vence toda beleza passada, porque quanto mais se sobe, mais cresce o esplendor dos céus.

Do centro à borda e assim da borda ao centro
Água num vaso circular se agita,
Se a comovem de fora, se de dentro.

Isto que digo a mente me visita
Súbito, quando o esp'rito glorioso
De Tomás suspendeu a voz bendita,

Por semelhar-se ao efeito poderoso
Da sua voz e ao que Beatriz causava,
Quando assim disse em tom grave e donoso:

"O que saber este homem precisava
Com voz não disse, e, se o cogita, o ignora:
De outra verdade com raiz se trava.

A auréola, dizei-lhe, em que se inflora
A substância, que é vossa eternamente,
Convosco há de existir, bem como agora?

Se este esplendor em vós é permanente,
Quando visíveis fordes, ressurgindo,
A vista sofrerá luz tão fulgente?"

Como em coreia as vozes vão subindo
E recresce a alegria, algum motivo
De alvoroço aos dançantes sobrevindo,

Assim aos santos círculos mais vivo
Júbilo mostram no girar, no canto
Ante o rogo piedoso e compassivo.

Quem, por chegar a morte, sente espanto,
Para lograr no céu viver divino,
Da eterna chuva desconhece o encanto.

Quem sempre reina, é uno, é duplo, é trino[151],
Em três, em dois, em um sempre perdura,
Não abrangido – e tudo abrange – em hino

De tão suave e cônsona doçura
Dos coros foi três vezes aclamado,
Que um prêmio fora da virtude pura.

No lume, de fulgor mais sinalado,
Ouvi, do menor círc'lo voz modesta[152],
Como a do arcanjo à Virgem deputado.

---

151 Deus. (N. T.)
152 Salomão. (N. T.)

"Quanto no Paraíso eterna a festa
Há de ser, tanto o nosso amor vestido
Será de luz em torno manifesta.

O brilho seu do ardor há procedido
E o ardor da visão, que é tão gozosa,
Quanto a Graça o valor faz mais subido.

E quando a carne santa e gloriosa
Revestirmos, será nossa pessoa
Completa e mais jucunda e mais ditosa.

E o gratuito lume, que nos doa
O Sumo Bem, será mais rutilante:
A Glória sua a ver nos afeiçoa.

A visão se fará mais penetrante,
Mor o ardor se fará que ali se acende,
E o esplendor, que este dá, mais coruscante.

Qual carvão, que de si flamas desprende
E pelo vivo ardor as escurece
Tanto, que entre elas seu rubor resplende,

Este doce fulgor, que em nós parece,
Ver deixará o corpo ressurgido,
Quando o sono, em que jaz um dia cesse.

Nenhuma será das luzes ofendido:
'Starão corpóreos órgãos adaptados
A quanto a deleitar-nos for provido".

Os coros dois tão ledos e apressados
Responderam "amém" que bem mostraram
Quanto os trajos carnais são desejados.

Não por si sós talvez os cobiçaram,
Mas por amor dos pais, de entes queridos,
Antes que ternas flamas se tornaram.

Eis, em torno, de lumes incendidos
Novo círculo aos outros se acrescenta:
Qual nitente horizonte, os tem cingidos.

E como, quando à tarde a sombra aumenta,
No céu começam de assomar estrelas,
Cuja luz dúbia aos olhos se apresenta,

Assim me pareceu que via aquelas
Novas substâncias, que, também girando,
Moviam-se em redor das coroas belas.

Vero fulgor do Esp'rito Santo! Oh! Quando
Te mostraste de súbito, candente,
Os olhos meus venceste, deslumbrando.

Mas Beatriz tão bela e tão ridente
Rebrilhou, que a visão maravilhosa,
Bem como outras, seguir não pode a mente.

Aos olhos força deu tão poderosa,
Que se alçaram; e com ela transportado
Vi-me à esfera mais alta e luminosa.

Fui da minha ascensão certificado
Da purpurina estrela pelo gesto,
Em que rubor notei não costumado.

Nesse falar, a todos manifesto
Do coração, a Deus vivo holocausto,
Por sua nova graça, humilde presto.

Do peito meu não era ainda exausto
Do sacrifício o ardor, que convencido
De estar aceito fui, e ser-me fausto.

Tão lúcidas, tão rubras, confundido
Vi luzes em dois raios fulgurantes,
Que disse "Ó Hélios[153], como os tens vertido!"

Galáxia[154], em astros mais, menos brilhantes
Branqueja, entre dois polos colocados,
E os doutos deixa em dúvida hesitantes:

De igual maneira em Marte consteladas
O signo os raios formam venerando,
Diâmetros iguais sendo cruzados.

Me está memória o engenho superando:
Se na cruz lampejar eu via Cristo,
Como acertar, exemplos procurando?

Quem toma a Cruz e na jornada Cristo
Segue, desculpe o que falta em arte,
Vendo nesse esplendor rutilar Cristo.

---

153 O Sol. (N. T.)
154 A Via Láctea, cuja cor deixa em dúvida os sábios, pois não sabem explicar qual seja a sua natureza. (N. T.)

Da cruz em cada braço, em toda parte
Cintilantes mil fogos se moviam;
Qual desce, qual se eleva, qual desparte.

Assim sutis argueiros se veriam,
Retos ou curvos, rápidos ou lentos,
De formas, que multíplices variam,

De Sol em réstea que entra os aposentos,
Onde da calma o homem se repara
Apurando do engenho e da arte inventos;

E como da harpa e lira se depara
Nas cordas várias doce melodia
A quem notas ignora e não compara;

Assim desses luzeiros que ali via
Na Cruz formosa, extático escutava,
Sem compreendê-la, angélica harmonia.

Que eram altos louvores bem julgava
"Ressuscita e triunfa" acaso ouvindo:
Confusamente o hino me soava.

Ouvia em tanto enlevo me sentindo,
Que inda não sinto cousa que mais queira,
A mente ao canto em doce enleio, unindo.

Ousado sou talvez desta maneira,
Parecendo pospor os olhos belos,
Em que a minha alma se embevece inteira.

Mas quem reflete que os eternos selos
Vão da beleza no alto se apurando,
E aos olhos não voltava-me por vê-los,

À falta me achará perdão, notando
A verdade que digo: o prazer santo
Não excluo que em vê-la ia gozando;

Com a altura, se eleva o puro encanto.

CANTO XV

As almas dos combatentes pela fé em Cristo estão dispostas em forma de cruz, vexilo de martírio e de vitória. Do lado direito dessa cruz move-se um espírito e com paternal afeto saúda Dante. É Cacciaguida, seu trisavô. Descreve ele a inocência dos costumes do seu tempo e lembra como morreu combatendo pelo sepulcro de Cristo, na segunda cruzada.

Benévolo querer, que significa
Sempre esse amor, que a caridade inspira,
Como a cobiça o mau querer indica,

Silêncio pondo àquela doce lira;
Os sons às cordas santas suspendida,
Que lá do céu a destra afrouxa e estira.

Como aos claros espíritos seria
Em vão meu justo rogo, se excitá-lo
De acordo se calando, lhes prazia?

Ah! Pranteie sem tréguas e intervalo
Quem, do amor transitório cativado,
Pôde do amor eterno avantajá-lo!

Como o sereno azul, atravessado
Às vezes é por fogo repentino,
Que aos olhos nos salteia inesperado;

Disséreis astro a procurar destino,
Se algum faltasse à parte, onde se acende
Esse instantâneo lume peregrino:

Assim do braço, que à direita estende,
Da cruz ao pé vi deslizar um astro
Dessa constelação, que ali resplende.

Não desfiou-se a perla do seu nastro;
Pela brilhante linha descendera,
Como fogo a luzir sob o alabastro.

De Anquise a sombra pia assim correra[155],
Se fé merece a Mantuana Musa,
Quando Eneias do Elísio aparecera.

"*O sanguis meus! O superinfusa*
Gratia Dei; sicui tibi cui
Bis unquam coeli janua reclusa[156]?"

Minha atenção na luz, que o diz, se imbui;
Voltei depois pra Beatriz o viso;
Aqui e ali estupefato eu fui.

---

155 Enéias visitou nos Campos Elísios a sombra do seu pai Anquise, como o descreve Virgílio, Eneida, VI. (N. T.)
156 Ó sangue meu! Ó infinita graça de Deus! A quem senão a ti será aberta duas vezes a porta do Céu? (N. T.)

Dante Alighieri

Nos olhos seus ardia um tal sorriso,
Que, encarando-a, cuidei tocar o fundo
De ventura no eterno Paraíso,

E esse esp'rito, a se ver e ouvir jucundo,
Vozes aduz, que a mente não compreende,
Tanto o sentido seu era profundo.

Andrede a obscuro o seu dizer não tende;
Mas por necessidade o seu conceito
Além da esfera dos mortais ascende.

Quando o arco afrouxou do ardente afeito,
E em proporção do humano entendimento
Do seu falar manifestou-se o efeito,

Pude estas vozes distinguir, atento:
"Bendito sejas, Deus, Um na Trindade,
Que à prole minha dás tão alto alento!

Meu longo e caro anelo, na verdade
Dês que no grande livro hei ler podido,
Imutável na sua eternidade,

Cumpres, ó filho; e desta luz vestido
Aquela, que ao teu voo sublimado
Prestou asas, eu louvo agradecido.

Tu crês que o teu pensar me é derivado
Do ser Primeiro, como da unidade
Sabida o cinco e o seis se vê formado.

E pois, quem sou e a minha alacridade,
Maior que a de outros nesta grei contente,
Não mostras de saber curiosidade.

Crês a verdade: o Espelho refulgente
Desta vida reflete o pensamento
Antes que nasça e a todos faz patente.

Mas, para o sacro amor, que traz-me atento
Em perpétua visão, doce desejo
Me acendendo, alcançar contentamento,

Com voz clara, segura e alegre, ensejo
De ouvir tua vontade me oferece:
Qual resposta hei de dar-te eu já antevejo".

Pra Beatriz voltei-me: já conhece
Quanto intento, e, acenando prezenteira,
Ao querer meu as asas engrandece.

"A cada qual de vós dês que a Primeira
Igualdade mostrou-se, amor, ciência
Se fizeram em vós de igual craveira;

Pois ao Sol, que vos deu tão viva ardência
E luz tal dispensou, tanto se igualam,
Que não tem na igualdade competência.

Mas nos mortais o afeito e o saber se alam,
Pela causa, a vós outros manifesta,
Com plumas, que diferentes se assinalam

Eu, pois, que sou mortal, sujeito a esta
Desigualdade, de alma unicamente
Respondo à tua carinhosa festa.

Suplico, assim, topázio resplandente,
Que adornas esta joia preciosa,
Me faças do teu nome ora ciente".

Falei. Com voz tornou-me maviosa:
"Ó flor, que tanto eu, sôfrego, esperava,
Do tronco meu brotaste primorosa[157]!

Aquele, em quem teu nome começara,
Que, há mais de um século já, no monte erguido
Do primeiro degrau se não separa,

Meu filho foi, teu bisavô há sido:
Por obras deves lhe encurtar fadiga,
Quando à vida mortal hajas volvido.

Florença dentro em sua cerca antiga[158],
Onde ressoa ainda a Terça e a Noa,
Vivia honesta e sóbria em paz amiga.

Não tinha áureos colares, nem coroa,
Chapins, cintos de damas em que havia
Mais que ver do que graças da pessoa.

---

[157] É Cacciaguida quem fala, que foi bisavô de Dante, morto numa cruzada em 1173. Foi pai do primeiro Alighiero, do qual derivou o nome dos Alighieri. (N. T.)

[158] No pequeno espaço, limitado por seus antigos muros, no qual se ouviam os sinos tocarem as horas. (N. T.)

No pai, nascendo, a filha não movia
Temor; em tempo azado se casava
E o dote as proporções nunca excedia.

Cada qual do seu lar se contentava;
Não alardava então Sardanapalo[159]
Da alcova o que no encerro se ocultava.

Não era inda vencido Montemalo
Por vosso Uccelatojo que, excedido
Na altura, há de, ao cair, dar mor abalo[160].

Bellincion Berti[161] eu vi andar cingido
De couro e de osso, e também vi-lhe a esposa
Voltar do espelho sem rubor fingido.

Vestindo pele simples, não fastosa
Nerlis e Vecchios[162] vi, no fuso e roca
Tendo as consortes vida deleitosa.

Ditosas! A nenhuma a dor sufoca
'Sperando o esposo, que roubou-lhe a França,
Nem o jazigo ignora, que lhe toca.

Uma o berço do filho seu balança,
E o consola naquele doce idioma
Que aos pais o coração no enlevo lança;

---

159 Rei da Assíria, célebre pela sua luxúria. (N. T.)
160 Montemalo: monte Mário de Roma; Uccellatoio: monte a cavaleiro de Florença. Que excedido etc.: Florença superava Roma em magnificência; assim a superará na decadência. (N. T.)
161 Bellincion Berti dei Ravignani, ilustre florentino. (N. T.)
162 As nobres famílias florentinas Nerli e Del Vecchio. (N. T.)

Outra, estirando do seu fuso a coma,
Reconta aos filhos o que houvera outrora
Em Fiésole, em Troia e antiga Roma.

Nesse bom tempo maravilha fora
Uma Cianghella, um Lapo Salterello[163],
Como Cornélia e Cincinato agora.

Da cidade naquele viver belo,
No seio dessa gente honrada e fida,
Nessa doce mansão, da paz modelo,

Deu-me Maria à minha mãe dorida,
E em vosso Batistério hei recebido
Os nomes de cristão e Cacciaguida.

Irmãos Moronto e Eliseu hei tido,
Minha esposa nasceu em Val-di-Pado:
Dessa origem provém teu apelido.

Segui na guerra Imperador Conrado[164],
Que me armou cavaleiro na milícia,
Altos feitos me tendo assinalado.

Com ele pelejei contra a nequícia
Do infiel[165], que o direito vosso oprime
De culpado Pastor[166] pela malícia.

---

163 Cianghella dei Tosighi: mulher desonesta. Lapo Saltarelli: jurisconsulto florentino tido em conta de homem corrupto. (N. T.)
164 Imperador Conrado 3º de Hohenstaufen, que chefiou a segunda cruzada. (N. T.)
165 Os maometanos. (N. T.)
166 O Papa. (N. T.)

Da torpe gente o assalto lá me exime
Dos enganosos vínculos do mundo,
Cujo amor nódoas tantas na alma imprime:

Mártir, vim ao repouso sem segundo".

CANTO XVI

O poeta orgulha-se pela nobreza da sua família. Cacciaguida continua falando a respeito da própria família e da antiga Florença. Deplora a chegada em Florença de cidadãos de outras terras. Lembra as maiores famílias da cidade, muitas das quais, no tempo de Dante, eram empobrecidas ou maculadas de infâmia.

Ó mesquinha nobreza de alto sangue!
Se tanto homem de haver-te se gloria
Neste mundo, em que o afeto enfermo langue,

Maravilhar-me já não poderia,
Pois me senti, por causa tal, ufano
No céu, onde o apetite não varia.

És manto exposto em breve a estrago e dano:
Se te faltar reparação constante,
A mão do tempo te cerceia o pano.

A responder começo à luz brilhante
Por vós[167] de que, primeira, Roma usara,
Mas que em vulgar dicção não foi avante.

---

[167] Dante falou a Cacciaguida com o "vós" em lugar de "tu", como faziam os romanos quando falavam a pessoas de respeito e que não se usava mais no tempo de Dante. (N. T.)

Beatriz, que algum tanto se afastara,
Fez, sorrindo-se, como a que tossira,
Quando a primeira vez Ginevra errara[168].

"Vós sois meu pai", disse eu, "em vós se inspira
Para falar-vos do ânimo a ousadia,
Me alçais mais do que a mente própria aspira.

Por tantos rios se enche de alegria
Minha alma que em ledice é transformada,
Pois do prazer não vence-a a demasia.

Dizei-me, pois, minha primícia amada,
Os ascendentes vossos e em qual era
Foi a vossa puerícia assinalada.

De São João a grei como vivera
Dizei-me e os que em seu seio se mostraram,
A quem mais alta distinção coubera".

Como ao sopro do vento mais se aclaram
As flamas no carvão, dessa arte àquela
Luz, me ouvindo, os fulgores se avivaram;

E quanto aos olhos se ostentou mais bela,
Tanto com voz mais doce e mais suave
Respondeu, sem falar vulgar loquela[169].

Disse: "Do dia, em que se ouvia o Ave
Ao momento, em que ao mundo a mãe querida,
Hoje santa me deu no transe grave,

---

168 Sorriu como maliciosamente sorriu a camareira de Ginevra, no romance de Lancelot, quando a sua dona foi beijada pela primeira vez pelo amante. (N. T.)
169 Em latim. (N. T.)

Do Leão foi aos pés reacendida
De Marte a luz quinhentos e cinquenta
Vezes mais trinta na incessante lida[170].

O lugar, onde o sexto último assenta[171],
Dos jogos anuais termo à carreira,
Meu berço e o dos avós te representa.

Deles te baste esta noção primeira:
O que hão sido, onde é sua permanência
Calar prefiro a dar notícia inteira.

Dos que haviam então suficiência
Para a guerra, entre Marte e João Batista[172],
São quíntuplo os que têm ora existência.

Toda gente, porém, que se vê mista
Copa de Campi, Certaldo, e mais Figghine
Pura estava, do nobre até o artista[173].

Acerto fora do que bem combine
Tê-los vizinhos, linha demarcando,
Que com Trepiano e com Galuz confine,

Em lugar de hospedar o infeto bando
Dos vilões de Aguglion junto aos de Signa,
Da fraude expertos no mister nefando.

---

170 Marte aproximou-se 580 vezes da constelação do Leão, isto é, passaram 1091 anos a começar pela anunciação do nascimento de Jesus. (N. T.)
171 A casa de Cacciaguida estava situada no bairro (sesto) que ficava por último nas corridas de São João, isto é, no bairro de São Pedro. (N. T.)
172 Entre a estátua de Marte e a igreja de São João Batista. (N. T.)
173 Os cidadãos de Florença não se haviam mesclado aos camponeses das redondezas. (N. T.)

Se a gente, hoje no mundo a mais maligna[174],
A César não se houvesse declarado
Cruel madrasta em vez de mãe benigna,

Quem se diz Florentino e à usura é dado[175]
Vende e merca, tornava a Simifonte[176],
Onde o avô mendigava esfarrapado.

Ainda em Montemurli foram Conti,
Os seus Cerchi ainda Acone conservara
E, talvez, Valdigrieve os Buodelmonti.

Sempre de castas confusão depara,
Como a de cibo em corpo mal disposto,
Mal à cidade, e danos lhes prepara.

Touro cego primeiro em terra é posto
Que anho cego; e melhor corta uma espada
Do que cinco num feixe bem composto.

Se de Urbisaglia a sorte desgraçada
E a de Luni tu vês, se igual espera
Chiusi e Sinigaglia malfadada:

Dos solares mau fim não perecera
À tua mente estranheza ou caso forte,
Pois no exício de Estados considera.

Terrenas cousas todas sofrem morte,
Como vós; mas de algumas, perdurando,
Quem curta vida tem não sabe a sorte.

---

174 A Cúria Romana. (N. T.)
175 Alusão a personagem que não foi possível identificar. (N. T.)
176 Castelo no vale do Rio Elsa. (N. T.)

E como a Lua, sem cessar girando
Cobre ou descobre as praias do oceano,
De Florença a fortuna vai mudando;

Assim que não suponhas mais que humano
O que eu disser de exímios florentinos,
A cuja fama o tempo já fez dano.

Eu vi os Ughi, vi os Catellinos,
Fillippe, Greci, Ornami e os Albericos
Decadentes, mas ainda nobres, dignos.

Grandes em fama, de virtudes ricos
Os de Sanella vi; também os de Arca,
Soldanieri, Ardingos e Bastichos.

À porta de São Pedro[177], que ora abarca
Infâmia nova tanto em peso ingente,
Que fará soçobrar em breve a barca,

Estavam Ravignans; seu descendente
Foi Conde Guido e quantos ao diante
De Bellincione o nome têm fulgente.

Della Pressa em governo era prestante
E Galligaio no solar dourara
Punho e copos da espada fulgurante[178].

---

177 No bairro de São Pedro morava a família dos Cerchi. (N. T.)
178 Havia recebido insígnias de nobreza. (N. T.)

A Coluna do Esquilo[179] se elevara,
Sacchetti, Giuochi Fifanti e Barucci
Galli e quem pelo alqueire se pejara[180].

Era já grande o tronco dos Calfucci
E às cadeiras curuis tinham subido,
Assumindo o poder, Sizi e Arragucci.

Quanto lustre daqueles, que abatido
Tem soberba! Que feito viu Florença
Sem ser de Esfera de Ouro[181] enobrecido?

Eram pais dos que julgam glória imensa[182]
No concistório, vago o episcopado,
Cevar-se dos banquetes na licença.

Surgia o bando já sem pejo e ousado[183],
Dragão que investe a quem lhe teme a ira,
Cordeiro em vendo bolsa ou braço armado;

De princípio tão vil a origem tira,
Que Donato Ubertino se afrontava,
Quando a um desses o sogro a filha unira[184].

---

179 No brasão da família Pigli havia uma coluna. (N. T.)
180 A nobre família Chiaromonti usava pesos e medidas falsas. (N. T.)
181 No brasão da família Lamberti havia esferas de ouro. (N. T.)
182 Dos Visdomini e dos Tosinghi, os quais administravam fraudulentamente as rendas episcopais. (N. T.)
183 A família dos Amidei. (N. T.)
184 De origens tão baixas que Ubertino Donati ficara ofendido quando o sogro deu em casamento uma das filhas a um Adimari. (N. T.)

Já Caponsacco no Mercado estava,
De Fiésole vindo; e lá já era
Giuda, Infangato: o nome os ilustrava.

Incrível cousa vou dizer, mas vera:
No recinto uma porta outrora havia,
À qual deu nome a gente della Pera[185].

Fidalgo, que o brasão belo trazia
Do barão cujo nome, glória e vida
De São Tomé celebra-se no dia[186];

Lhe deve o privilégio e honra subida;
Mas hoje ao popular partido se une[187]
Trazendo de ouro a faixa guarnecida.

Já Gualterotti viam-se e Importuni;
E em Borgo a paz de todo se perdera,
Quando uma turba nova em si reúne.

A casa, de que o mal vosso nascera[188],
Que vos deu morte, justamente irada,
E ao feliz viver vosso o fim pusera,

---

185 A família della Pera, extinta no tempo de Dante, era de origem ilustre. (N. T.)
186 O barão Hugo de Brandeburgo, cujo brasão foi usado por diversas famílias. Hugo morreu no dia de São Tomé e, nesse dia, a sua memória era honrada na igreja da Badia, onde fora sepultado. (N. T.)
187 Giano della Bella, embora de família nobre, que usava o brasão de Hugo com faixa de ouro, chefiou em 1295 o partido popular. (N. T.)
188 Os Amidei, indignados contra Buondelmonte dei Buondelmonti por haver faltado ao compromisso de casamento com uma moça da sua família, deram origem às lutas civis em Florença. (N. T.)

Em si, na prole sua fora honrada:
Por que sua aliança recusaste
Por sugestão, o Buondelmonte, errada?

Quando à cidade a vez primeira entraste,
Se do Ema às águas Deus te houvesse dado [189],
Ledice fora o pranto, que causaste:

Forçado era que ao mármore quebrado[190],
Da ponte guarda, vítima imolasse
Florença, de sua paz o fim chegado.

Com esses e outros, que inda eu mais lembrasse,
Florença vi gozar fausto repouso,
Sem motivo que pranto lhe excitasse.

Com esses e outros vi tão glorioso
E junto o povo, que ao rever lançado
Não era na hástea o lírio seu formoso,

Nem por facções em rubro transformado".

---

189 Teria sido melhor se os Buondelmonti se tivessem afogado no rio Ema, ao atravessá-lo, quando foram para Florença. (N. T.)
190 Buondelmonti foi assassinado pelos Amidei perto da estátua de Marte. (N. T.)

CANTO XVII

Dante pede a Cacciaguida que lhe declare qual sorte lhe está reservada. Este prediz-lhe o exílio, a perseguição pelos inimigos e o seu refúgio na corte dos Scaligeros. Exorta-o a falar do que viu e ouviu na sua viagem, sem receio de ofender ninguém.

Qual a Climene explicações rogava[191]
De quanto em desconcerto próprio ouvira
O que austeros depois os pais tornava,

Tal fiquei, tal efeito pressentira
Com Beatriz a santa luz brilhante,
Que da Cruz eu da altura descer vira.

E disse Beatriz: "Desse anelante
Desejo a flama exibe e nela esteja
Ao que tens na alma imagem semelhante,

Não porque mais ao claro em ti se veja,
Mas porque, sendo a sede revelada,
Prestada em proporção água te seja".

---

191 Fetonte (que com o seu exemplo faz com que os pais sejam austeros com os filhos) perguntou à mãe Climene se ele era verdadeiramente filho do Sol. (N. T.)

"Ó cara estirpe minha à Glória alçada!
Como conhecem as terrenas mentes
Não dar a obtusos dois triângulo entrada,

Assim vês tu as cousas contingentes
Lá no porvir, o Centro contemplando,
A quem todos os tempos estão presentes;

Enquanto eu a Virgílio acompanhando,
Subia o monte, onde ao pecado há cura,
E também pelo inferno penetrando,

Sobre a existência minha ouvi futura
Agras palavras, posto que me sinta
Impertérrito aos golpes da ventura.

Folgara em ter ciência bem distinta
Dos reveses, que a sorte me prepara:
Menos mágoa a seta ao que a pressinta".

Ao espírito, que, há pouco me falara,
Meu desejo hei desta arte declarado,
Como a senhora minha me ordenara.

Sem ambages, que aos homens enviscado
Tinham, antes de Deus ser o Cordeiro,
Que os pecados remiu, sacrificado,

Mas em preciso estilo e verdadeiro,
Logo tornou-me o paternal afeito,
Velado e transparente em seu luzeiro:

"A contingência, que do espaço estreito
Da matéria os limites não transcende,
Toda se pinta no eternal aspeito.

Necessidade, entanto, não a prende,
Como não prende a vista em que se espelha
A nau, que as águas rápida descende.

De lá bem como se transmite à orelha
Doce harmonia de órgão, refletido
O tempo me é que a ti já se aparelha.

Qual de Atenas Hipólito há partido
Pela perfídia da madrasta ímpia,
Tal deixarás Florença perseguido[192].

Assim se quer e a trama principia;
Será em breve executado o plano
Lá onde a Cristo vendem todo dia[193].

A culpa o mundo a quem padece o dano
Dará; mas terá pena merecida,
Da verdade em vingança, o algoz insano.

Deixarás toda a causa a mais querida,
Chaga primeira de tormentos cheia,
Do desterro pelo arco produzida.

Sentirás quanto amarga; quanto anseia
O sal de estranho pão; que é dura estrada
Subir, descer degraus da escada alheia.

---

192 Hipólito, filho de Teseu, não querendo sujeitar-se aos desejos de sua madrasta, Fedra, foi banido de Atenas, caluniado por ela. (N. T.)
193 A Cúria Romana. (N. T.)

Tua angústia há de ser mais agravada,
Te acompanhar no val do exílio vendo
Ignóbil gente, estólida malvada.

Ingrato, louco e mau te acometendo
O bando se há de unir: será corrido
Ele, não tu, o opróbrio merecendo.

Seu bestial instinto conhecido
Terão seus feitos; glória consumada
Terás; tu só formando o teu partido.

Te há de ser acolhida franqueada
Primeira pelo exímio e grã Lombardo[194]
Que por brasão tem Águia sobre Escada.

Terá contigo tão cortês resguardo,
Que, o rogo prevenindo, o dom se apresse,
Que sói entre outros, se mostrar mais tardo.

Verás com ele o que ao nascer merece[195]
Tanto deste astro bélico a influência,
Que a fama a glória ao nome lhe engrandece.

Inda ignorada jaz tanta excelência:
Só voltas nove em torno lhe tem dado
Estas esferas na anual cadência.

---

194 Bartolomeu della Scala, senhor de Verona. (N. T.)
195 Cangrande della Scala, irmão de Bartolomeu, que foi notável capitão. Cangrande, em 1300, tinha 9 anos. (N. T.)

Mas antes que o Gascão tenha enganado[196]
Henrique excelso já fará patentes
De ouro o desdém e o ânimo esforçado.

Serão grandezas suas tão fulgentes,
Que inimigos malgrado as contemplando,
Terão de as proclamar por preeminentes.

Nele confia, o bem dele esperando;
A sorte mudará de muita gente,
Ricos, mendigos condição trocando.

Dele o que eu digo inculcarás na mente,
Sem narrá-lo". E proezas predizia,
Incríveis inda a quem lhe for presente.

"Eis, filho, o comentário", prosseguia,
"Do que se foi já dito; eis a emboscada,
Que num período breve se encobria.

Mas por ti dos vizinhos invejada
Não seja a sorte; prolongada a vida,
Verás sua perfídia castigada".

Depois que essa alma santa concluída,
Calcando-se, mostrou já ter a trama
Da tela, que eu lhe oferecera urdida,

Com tom de voz falei de homem, que clama
Por bom conselho, ao recear perigo,
De quem, sábio e discreto, o bem de outro ama.

---

[196] Clemente V, papa de origem francesa, depois de ter prometido a Henrique VII que o reconheceria como imperador, quando Henrique chegou à Itália, em 1312, o adversou. (N. T.)

"Vejo, ó pai, que, investindo, o tempo imigo
Contra mim corre para o golpe dar-me,
Mais grave, porque opor-me não consigo.

De prudência, portanto, é bem que me arme;
Não suceda, ao perder pátria guarida,
Dos meus versos por causa outra faltar-me.

No mundo, onde em perpétua dor se lida,
Da montanha subindo o excelso cume,
Donde elevou-me Beatriz querida,

E depois pelo céu de lume em lume
Cousas tais aprendi, que, se as redigo,
Travo terão a muitos de azedume.

Se da verdade eu for remisso amigo,
Morrer temo dos homens pelo olvido,
Que o tempo de hoje hão de chamar antigo".

A luz, onde o tesouro era escondido,
Que eu achara, se fez tão coruscante,
Como o Sol de áureo espelho refletido.

E disse: "A consciência vacilante
Por próprios atos ou vergonha alheia
Teu falar haverá por cruciante.

Mas deves repelir mentira feia;
Toda a tua visão faz manifesta,
Coce-se a pele, que é de lepra cheia.

Dante Alighieri

Ao primeiro sabor será molesta
Tua palavra; mas vital sustento
Deixará depois, quando for digesta.

Há de o teu braço assemelhar-se ao vento,
Que ao mais soberbo cimo ousado investe;
Há de isto ao nome teu dar lustre e aumento.

Ante os olhos aqui, no céu, tiveste,
No santo monte e lá no val das dores
Almas, que a fama com seu brilho veste.

Pois de ouvintes o ânimo ou leitores
Preço não dá ao exemplo derivado
De origem vil, sem nota, sem louvores,

Nem a outro argumento mal fundado".

CANTO XVIII

Beatriz conforta o Poeta. Cacciaguida mostra-lhe outros espíritos que combateram pela fé cristã. Sobem depois a Júpiter, onde estão as almas dos príncipes que governaram com justiça. Os espíritos se dispõem de maneira a desenhar palavras de conselho aos que governam; por último se compõem na forma de uma águia.

Já gozava em silêncio do seu verbo
Essa alma venturosa e eu cogitava,
O doce temperando pelo acerbo;

Mas aquela, que a Deus me encaminhava,
"Muda o pensar; que perto", me dizia,
"Eu sou do que injustiças desagrava".

Voltei-me à voz, que sempre me infundia
Valor: dos santos olhos a ternura
Descrever a palavra renuncia.

Não só a língua em vão dizer procura;
Mas sobre si tornando, desfalece
A mente sem socorro lá da altura.

Ora somente referir se of'rece
Que outro desejo, a santa contemplando,
Do coração, ao todo, desparece.

Como a delícia eterna, rebrilhando
Direta em Beatriz, me extasiava
Do gesto seu por um reflexo brando,

Com riso, de que a luz me subjugava,
"Volve-te, escuta ainda; o Paraíso
Não está só nos meus olhos", me falava.

Como a paixão, no seu dizer conciso
Pelos olhos se exprime, na alma enquanto
Tolhe o prestígio seu todo o juízo,

Assim no flamejar do fulgor santo,
Voltando-me, o desejo vi patente
De aditar ao que disse ora algum tanto.

"Na quinta estância da árvore, que, ingente,
Pelo cimo se nutre[197]", principia,
"Que frutos sempre dá, sempre é virente,

Espíritos habitam, que algum dia
Nome tinham na terra tão famoso,
Que opimo assunto às Musas prestaria.

Da cruz os braços olha cuidadoso:
Os que eu te nomear verás fulgindo,
Qual relâmpago em nuvem pressuroso".

---

197 O Paraíso que recebe vida de Deus. (N. T.)

Na Cruz vi perpassar, o nome ouvindo
De Josué[198], um traço rutilante,
Mal acabara a voz, presto surgindo.

Disse o grã Macabeu[199]: no mesmo instante
Outro acorria, sobre si rodando,
Tange alegria esse pião brilhante;

Assim fez Carlos Magno, assim Orlando.
Atento, os movimentos seus esguardo,
Qual monteiro ao falcão no ar voando.

Seguiram-se Guilherme e Rinoardo;
Distingue o duque Godofredo a vista,
E logo após se assinalou Guiscardo[200].

Depois com os outros esplendores mista
Provou-me a alma ditosa, que há falado,
Ser nos coros do céu sublime artista[201].

Voltei-me então para o direito lado
Por conhecer de Beatriz o intento,
Em palavras ou gestos declarado.

Nos olhos puros seus vi tal contento,
Fulgor tal, que excedia o seu semblante
Quando de antes prendeu-me o pensamento.

---

198 Sucessor de Moisés na chefia do povo hebreu e que conquistou a Terra Prometida. (N. T.)
199 Judas Macabeu, que combateu contra Antíoco. (N. T.)
200 Orlando: paladino de Carlos Magno; Guilherme, d'Orange: combateu contra os infiéis; Rinoardo: companheiro de Guilherme; Godofredo de Bouillon: conquistou a cidade de Jerusalém; Roberto Guiscardo: libertou as Apúlias dos Sarracenos, no século XI. (N. T.)
201 Cacciaguida cantou, provando que era um sublime artista. (N. T.)

Como, ao sentir prazer inebriante,
Cada vez que o bem faz homem conhece
Ir da virtude na vereda avante,

Assim mais amplo o arco me parece
Do círculo, em que vou c'o céu girando
Ao ver quanto prodígio tal recresce.

Tão presto, como em nívea face, quando
A chama do pudor se acende, volta
A cor a ser qual de antes, branqueando,

Pelo doce candor, que a vista envolta
Me teve, conheci que a sexta estrela
Nos recebera a mim e a minha escolta.

De Júpiter na esfera argêntea e bela
O cintilar de amor, que ali resplende,
Linguage' humana aos olhos me revela.

De aves qual bando, que se estreita ou estende,
Do rio junto à borda e que à verdura
Do pascigo, a folgar os voos tende,

Tal em seus lumes grei ditosa e pura,
Adejando, cantava e descrevia
De D, de I, de L uma figura.

Ao compasso dos hinos se movia
E em silêncio quedava, se detendo,
Quando alguma das letras concluía.

Pegásea Diva[202], ó tu, que, concedendo
A glória ao gênio, lhe dilatas vida,
Cidades, reinos imortais fazendo!

Brilha em mim! Por que seja referida
Cada figura, qual me foi presente!
Faz tua força em meus versos conhecida!

E cinco vezes sete claramente
Vogais e consoantes vi, notando
Cada qual pelo traço refulgente:

"*Diligite justitiam*" indicando[203]
Verbo e nome primeiros na escritura;
"*Qui judicatis terram*" terminando.

Colocando-se assim cada luz pura,
No fim pausaram no vocábulo quinto:
Sobre o argento de Jove ouro fulgura.

De outros lumes, que descem, vi distinto
Do M o cimo: cantam, lá pousados,
Bem que os atrai ao divinal precinto.

Como carvões ardentes encontrados
De centelhas um jorro de si lançam,
Presságios por estultos venerados,

Muitos mil fogos para o ar avançam,
Subindo à altura, que lhes há marcado
O Sol, de quem beleza e brilho alcançam.

---

202 A musa Calíope. (N. T.)
203 Amai a justiça vós que governais o mundo. (N. T.)

Já, cada qual ao seu lugar tornado,
De Águia[204] o colo a meus olhos se mostrava,
Rematando em cabeça, desenhado.

Guia não teve o artista que os traçava:
É seu todo o primor, toda a mestria,
Que em cada ninho forma própria grava.

A santa grei, porém, que parecia
De ornar de coroa o M estar contente,
Movendo-se, a figura perfazia.

Quantas joias, ó astro refulgente,
Mostraram-me provir justiça humana
Do céu de que és ornato permanente!

À Mente, pois, suplico de que emana
O moto e a força tua, atenta veja
Da névoa a causa que o teu brilho empana;

E de ira inda uma vez tomada seja
Contra os que mercadejam no seu templo,
Que do sangue dos mártires flameja.

Celestial milícia, que eu contemplo,
Roga por esses, que ora estão na terra
Transviados, seguindo hórrido exemplo.

Com gládio outrora se travava a guerra;
Hoje em tirar o pão, que Deus tem dado,
Dos combatentes o valor se encerra.

---

204 A águia é o símbolo da justiça e da monarquia. (N. T.)

Tu que escreves pra ser logo emendado[205]
Pensa que Pedro e Paulo hão ressurgido,
Pela vinha morrendo que hás talado.

Tu bem podes dizer: "Devoto hei sido
Do que, ao deserto dando tanto apreço[206],
Sofreu martírio à dança oferecido:

O pescador e Paulo não conheço".

---

205 Alusão ao papa Bonifácio VIII, que escrevia as censuras, para emendá-las depois de ter recebido dinheiro. (N. T.)
206 A moeda florentina, o florim, trazia a efígie de São João Batista, que sofreu o martírio por causa da dança de Salomé. (N. T.)

CANTO XIX

Dante fala à Águia, externando uma sua antiga dúvida se alguém possa salvar-se não tendo conhecimento da lei de Cristo. Respondendo, a Águia aproveita a ocasião para repreender os malvados reis cristãos do seu tempo que nunca obterão a graça de Deus.

De asas pandas formosa se ostentava
Essa imagem, que enlevos de alegria
Nas almas enlaçadas excitava,

E rubi cada qual me parecia,
Em que raio de Sol, fúlgido ardendo,
Os lumes nos meus olhos refrangia.

O que eu agora descrever pretendo
Voz não contou, nem pena há referido,
Nem criou fantasia encarecendo.

O bico da Águia vi falar, e o ouvido
Eu e meu nas palavras distinguia,
Mas nós e nosso estava no sentido.

"Porque fui justo e pior", assim dizia,
"Exaltado me vejo a tanta glória,
Que excede a quanto o anelo aspiraria.

De mim deixei na terra tal memória,
Que apregoam-na os homens pervertidos,
Sem exemplos seguir, que narra a história".

Como em pira dão lenhos incendidos
Um só calor, aqueles mil amores
Da imagem 'stavam num falar contidos.

Então lhes disse: "Ó vós, perpétuas flores
Do júbilo eternal, que num perfume
Sentir fazeis multíplices olores,

Esta fome fartai, que me consome,
Há largo tempo, na terrestre vida,
Onde alimento nunca achar presume.

Se do céu noutro reino[207] é refletida
A divina Justiça em claro espelho,
Sei que sem véus no vosso é percebida.

Sabeis que, atento, a ouvir-vos me aparelho;
Sabeis também que, nunca saciado,
Ardo em desejo que se fez já velho".

Qual falcão, do capelo desvendado[208],
Que a fronte move, as asas exercita
E se apavona ledo e alvoroçado,

Tal vi a insígnia, que essa grei bendita,
Louvor da graça divinal, formara,
Com hinos próprios da mansão que habita.

---

207 Em outra ordem de bem-aventurados. (N. T.)
208 Libertado pelo caçador que lhe tira a venda. (N. T.)

Depois dizia: "Aquele, que traçara
Com seu compasso o mundo e no começo
De ocultas, claras cousas o dotara,

Não pôde tanto seu poder impresso
No universo deixar, que o Eterno Verbo
A criação não teve infindo excesso.

Prova-o bem quem primeiro foi soberbo[209];
Pois, sendo ele perfeita criatura,
Não esperando a luz, caiu acerbo.

Todo ente, pois, somenos em natura
Conter o Bem sem fim não circunscrito
Não pode e em si guarda a mensura.

Nossa vista, de alcance tão finito,
Posto seja um dos raios dessa Mente,
Que as cousas todas enche no infinito,

Não é, por natureza, tão potente,
Que não discirna a sua Causa Eterna,
Do que ela é na verdade diferente.

Penetra na justiça sempiterna
A vista concedida ao vosso mundo,
Bem como o olhar, que pelo mar se interna:

Se junto ao litoral lhe enxerga o fundo,
No pélago o não vê: certo é que existe,
Mas encoberto está por ser profundo.

---

209 Lúcifer. (N. T.)

Se do Lume não vem, que só persiste
Sempre sereno, a luz torna-se em treva,
Ou da carne é veneno, ou sombra triste.

Já compreendes que o véu romper se deva,
Que a Divina Justiça te escondia,
E a tão frequentes dúvidas te leva.

Junto ao Indo – tua mente assim dizia –
Um varão vem à luz: de Cristo o nome
Nem por voz, nem por letras conhecia.

Os feitos e desejos são desse home'
Bons no quanto julgar à razão cabe;
Em pecar ditos e atos não consome.

Quando sem fé e sem batismo acabe,
Há justiça em ser ele condenado?
Pode ter culpa quem não crê, não sabe?

Mas tu quem és, que, em tribunal sentado,
Julgas, de léguas em milhões distante,
Se mal vês o que a um palmo é colocado?

Em duvidar, por certo, iria avante
Quem assim sutilezas apurara,
Sem a luz da Escritura triunfante.

Terrenos vermes! Raça estulta, ignara!
A primeira Vontade, por si boa,
De si, Supremo Bem, se não separa.

Justo é somente o que com ela soa,
A si nenhum criado bem a tira,
Todo o bem, radiando, afeiçoa".

Como a cegonha, que o seu ninho gira,
Os filhotes já tendo apascentado,
Enquanto cada qual, farto, a remira,

Assim, os olhos quando eu tinha alçado
Fez o pássaro santo; e asas movia,
Por múltiplas vontades sustentado.

Volteando cantou; depois dizia:
"As notas não compreendes do meu canto,
Como os mortais de Deus sabedoria".

As flamas quando já do Esp'rito Santo
Quedaram nessa imagem, que alcançara
Aos Romanos do mundo temor tanto[210],

Prosseguiu: "Este reino não depara
Jamais quem não acompanhou a Cristo
Nem antes, nem depois que à Cruz se alçara.

Dizem muitos em grita 'Cristo! Cristo!'
Menos perto, em juízo, do que o infido
Lhe hão de ser que jamais conheceu Cristo.

Há de os danar o Etíope descrido,
Quando em grei rica e pobre eternamente
For o gênero humano repartido[211].

---

210 A águia era a insígnia de Roma. (N. T.)
211 Quando os justos e os pecadores serão divididos eternamente em duas partes, uma delas rica de todos os bens, e a outra, pobre e danada. (N. T.)

Dos reis cristãos o que dirão em frente
Os Persas, lendo no volume aberto,
Onde tanto flagício está patente?

Ali hão de se ver entre os de Alberto[212]
Os que serão em breve registados:
De Praga o reino tornarão deserto.

Se hão de ver sobre o Sena acumulados
Os do Rei, que a moeda falsifica,
Da fera morto aos dentes afiados[213].

Se há de ver a soberba, atroce, inica
Quem me demência o Escocês e o Bretão[214] lança:
Nenhum nos seus confins contente fica.

E se há de ver quanto em luxúria avança
O Rei de Espanha e o que a Boêmia rege[215],
Que mostra ao seu dever tanta esquivança.

Ninguém ao Coxo de Sião inveje:
Com I sua bondade se assinala,
Com M o que em contrário ama e protege[216].

---

212 Alberto I, da Áustria, que em 1304 devastou a Boêmia. (N. T.)

213 Filipe, o Belo, que falsificou o dinheiro para pagar os mercenários, morreu em 1314 por efeito de uma queda de cavalo, numa caçada. (N. T.)

214 Os reis Roberto da Escócia e Eduardo da Inglaterra, em guerra entre si. (N. T.)

215 O rei da Espanha: Fernando IV; e o que a Boêmia rege: Venceslau IV. (N. T.)

216 Carlos II de Anjou, rei de Apúlia e de Jerusalém, será marcado no livro da justiça divina com 1 (I) pela sua bondade e com 1000 (M) pelas suas malvadezas. (N. T.)

Se há de ver que a avareza à ignávia iguala
No Rei da ilha, em que morreu Anquise[217],
E donde o fogo, a trovejar, se exala.

Porque do seu valor mal se ajuíze,
Em cifra a história sua é resumida,
Que muito em pouco espaço localize,

Será patente a vergonhosa vida
Do tio e desse irmão[218], que hão desonrado
Dois cetros e a ascendência enobrecida.

O Rei de Portugal[219] será notado
E o Rei de Noruega e mais aquele[220],
Que de Veneza os cunhos tem falsado.

Ditosa Hungria! Que de si repele
O jugo da opressão! Feliz Navarra,
Quando em seus montes que defensa vele!

E creiam todos que já de isto em arra
Nicósia e Famagusta se lamentam[221],
Bramindo de uma fera sob a garra:

Os exemplos dos mais não o escarmentam".

---

217 Frederico II de Aragão, rei da Sicília. (N. T.)
218 Do tio: Jaime, rei de Maiorca e Minorca; desse irmão: Jaime II, rei de Aragão. (N. T.)
219 D. Diniz, o lavrador. (N. T.)
220 O rei de Noruega: Acon VII; e mais aquele etc.: o rei de Ragusa, na Dalmácia, que falsificou a moeda de Veneza. (N. T.)
221 O Poeta faz votos para que a Navarra se defenda contra o opressão dos reis franceses para não cair na opressão como a ilha de Chipre (Nicósia e Famagusta são cidades dessa ilha), que está sendo tiranizada por Henrique II. (N. T.)

CANTO XX

A Águia louva alguns reis antigos que foram justos e virtuosos. Depois solve a Dante uma dúvida, como possam estar no Céu alguns espíritos que, na sua opinião, quando em vida não tinham tido fé cristã.

Quando esse astro, que a todos alumia
Deste hemisfério nosso já descende
E se consome em toda parte o dia,

O céu, que dele só de antes se acende,
Cintilante se mostra de repente
Por mil luzeiros, em que um só resplende.

Do céu surgiu-me essa mudança à mente
Depois que o santo pássaro calou-se,
Dos reis, no mundo, insígnia refulgente;

Pois desses vivos lumes ateou-se
Inda mais o clarão, hino cantando,
Que na memória instável apagou-se.

Ó doce amor! Num riso te velando,
Quanto indicas arder nos esplendores,
Que estão santo pensar só respirando!

Quando as gemas sublimes nos fulgores,
De que o sexto planeta se adornava
Findaram seus angélicos dulçores,

De rio o murmurar ouvir julgava,
Que, em claras espadanas debruçado
Com sua veia abundante as rochas lava.

Da cítira em braço como o som formado,
Como o sopro na avena penetrando
Em melódicas notas modulado,

Assim formou-se um murmúrio brando,
Que subiu, logo após, da ave formosa,
Pelo canal do colo, se exalando.

Então em voz tornou-se harmoniosa,
Que do bico em palavras irrompia:
Em minha alma insculpiram-se ansiosa.

"Na parte atenta, que em mim vê", dizia,
Que até na águia mortal afronta ousada
O Sol, quando rutila ao meio-dia;

Porque dos fogos, de que sou formada,
Aqueles, com que a vista me cintila,
No céu graduação tem sublimada,

Esse, que brilha em meio por poupila[222],
Foi o régio cantor do Esp'rito Santo,
Que a Arca trasladou de vila em vila.

---

222 Davi, rei de Israel e autor dos Salmos. (N. T.)

Conhece ora a valia de seu canto,
Qual foi o efeito desse ardente zelo,
Galardão recebendo tal e tanto.

Dos cinco, que o sobrolho me ornam belo,
Consolou o que ao bico está mais perto[223]
Viúva em dó do filho, seu desvelo.

Quanto custa lhe está bem descoberto
A Cristo não seguir, pela experiência
Do céu e do penar pungente e certo[224].

E o que está logo após na circunferência
Do sobrolho, onde vês arco superno,
Morte adiou por vera penitência[225].

Conhece agora que o juízo eterno
Não muda, se o rogar do arrependido
Em crástino tornar fato hodierno.

A mim e às leis esse outro[226] há transferido
À Grécia, do Pontífice em proveito:
Boa intenção mau fruto há produzido.

---

223 O imperador Trajano, que foi justo com a viúva (V. Canto X, 82 do Purgatório). (N. T.)
224 Uma crença popular afirmava que Trajano tivesse sido libertado do Inferno pelas preces de São Gregório. Por isso Trajano podia estabelecer uma comparação entre o Inferno e o Paraíso. (N. T.)
225 Esequias, rei de Judá, o qual, pela predição do profeta Isaías, soube que estava no fim da sua vida, mas, pedindo a Deus, obteve mais quinze anos de vida e expiou os seus pecados. (N. T.)
226 Constantino, que transferiu para Bizâncio a capital do Império Romano. (N. T.)

Conhece agora que o maligno efeito
Dessa obra pia lhe não é nocivo,
Posto haja o mundo horrendo desproveito.

O que vês do sobrolho no declive
Guilherme[227] é, por quem chora o reino opresso
De Frederico e Carlo[228] ao mando esquivo.

Conhece agora bem com quanto excesso
Ao Rei justo ama o céu: do seu semblante
Ainda no fulgor se mostra expresso.

Quem crer pudera em vosso mundo errante
Que entre estas luzes santas quinta seja
Rifeu Troiano[229], da justiça amante?

Conhece agora que mistério esteja
Na Graça – aquilo que inda o mundo ignora –
Bem que o fundo inefável não lhe veja".

Qual codorniz que os voos seu demora,
Paira cantando e cala-se, enlevada
Nas doçuras finais da voz sonora:

Tal parece-me a imagem sinalada
Pelo eterno prazer, que, a seu desejo,
Faz que seja quanto é cousa criada.

---

227 Guilherme II, rei de Apúlia e da Sicília. (N. T.)
228 Frederico II de Aragão e Carlos II de Anjou. (N. T.)
229 Personagem da Eneida; homem justo e honesto, morreu combatendo pela sua pátria. (N. T.)

Posto a dúvida minha neste ensejo,
Como no vidro a cor, fosse patente,
Não mais espero a solução, que almejo.

Cedendo à força do seu peso urgente.
Prorrompo logo: "Que mistério imenso!"
Da águia o júbilo fez-se mais fulgente.

Brilho tendo nos olhos mais intenso
A sacrossanta forma respondia
Por não mais ter-me atônito e suspenso:

"Bem vejo que tu crês", assim dizia,
"Não porque entendas, mas porque assevero:
Ocultas cousas são, mas fé te guia.

És como quem da cousa o nome vero
Aprende; mas inota fica a essência,
Se não a explica espírito sincero.

Dos céus o reino sofre um violência
Do ardente amor e da esperança viva,
Que triunfam da própria Onipotência.

Mas não é, qual vitória humana, esquiva:
Vencido é Deus por ser assim servido;
Tem, vencido, vitória decisiva.

Maravilhado, ao veres, te hás sentido,
Do meu sobrolho a luz quinta e primeira[230]
Neste império aos eleitos concedido.

---

230 Rifeu e Trajano. (N. T.)

Não morreram gentios: crença inteira
No Redentor futuro ou no já vindo[231]
Tinham antes da hora derradeira.

À vida um, lá do inferno ressurgindo,
Onde não se corrige o condenado,
A mercê recebeu anelo infindo,

Vivo anelo, que ardor tanto empenhado
Em suplicar a Deus tal graça havia,
Que pôde o seu querer ser abalado.

Quando voltou à carne e à luz do dia,
Em que não fez detença a alma ditosa,
Naquele há crido que a salvar podia;

E foi na fé, no amor tão fervorosa,
Que ao passar nova morte há merecido
Sublimar-se à existência gloriosa.

E do outro, pela Graça protegido,
Que provém de uma origem tão profunda,
Que a nascente olho algum não lhe há sabido,

Foi no amor à justiça sem segunda:
De graça em graça a Redenção futura
Mostrou-lhe Deus revelação jucunda.

À fé se entrega; e a sua mente pura
A perversão gentílica rejeita,
Do mundo repreendendo a vida impura.

---

[231] Rifeu acreditou na futura paixão de Jesus, Trajano na paixão que Cristo já tinha sofrido. (N. T.)

As damas três[232] que achavam-se à direita,
Do carro, o seu batismo efetuaram,
Anos mil[233] precedendo a lei perfeita.

Ó predestinação! Não te alcançaram
A raiz esses olhos, que a primeira
Cousa jamais ao todo interpretaram.

Mortais! Oh! Não julgueis tão de carreira!
Porque nós que Deus vemos não sabemos
Dos preferidos seus a grei inteira.

Esta ignorância por ditosa havemos;
Que o nosso bem por este bem se afina,
De ser quanto Deus quer o que queremos".

Por essa imagem de feição divina
Assim, para aclarar-me a curta vista,
Dada me foi suave medicina:

E como a um bom cantor bom citarista
Acompanha, vibrar fazendo a corda,
E desta arte mais graça o canto aquista,

Assim a fala (a mente me recorda)
Da ave santa os luzeiros dois seguiam
Como dos olhos o bater concorda,

Com sua voz igualmente se moviam.

---

232 As três virtudes teologais. (N. T.)
233 Mil anos antes que Cristo instituísse o batismo. (N. T.)

CANTO XXI

Dante sobe do céu de Júpiter ao de Saturno, no qual encontra as almas dos que se dedicaram na vida à celeste contemplação, onde vê uma escada altíssima pela qual vai subindo o descendo uma multidão de almas resplendentes. São Pedro Damião vai ao encontro do poeta e lhe fala do dogma da predestinação.

De Beatriz no gesto o entendimento,
Acompanhando os olhos, embebia;
De al não cuidava absorto o pensamento.

Beatriz, sem sorrir-se, me dizia:
"O sorriso contenho; de outra sorte,
Como Semele[234], em cinzas te veria.

Minha beleza, viste já, mais forte
Refulge, quanto mais se eleva a escada,
Por onde ascende para a eterna corte.

Teu vigor, se não fora moderada,
Ao seu fulgor, de todo fenecera,
Qual fronde, pelo raio espedaçada.

---

[234] Semele, amada por Júpiter, a conselho da ciumenta Juno, pediu ao deus que se lhe mostrasse em todo o esplendor da sua majestade e morreu abrasada. (N. T.)

À sétima chegamos clara esfera,
Que sob o peito do Leão ardente
Da luz mais viva do que de antes era.

Teus olhos acompanhe pronta a mente;
Sejam-te espelho a quanto este astro belo,
Que um espelho é também, fará patente".

Quem bem coubesse a força do desvelo,
Com que a vista em seu gesto se pascia,
Quando voltei-me a impulso de outro anelo,

Quanto contente fui conheceria,
Minha guia celeste obedecendo,
Após uma gozando outra alegria.

No cristal, que, em seu giro se movendo[235],
O nome do Monarca tem querido,
Que a todo vício foi flagelo horrendo,

De áurea cor, em que o Sol é refletido,
Escada vi de tão sublime altura,
Que o topo aos olhos 'stava-me escondido.

Pelos degraus brilhando com luz pura
Descia soma tanta de esplendores,
Que os clarões todos ver se me afigura.

Como, ao seu modo, aos matinais albores,
As gralhas, pelos ares se movendo,
Aquecem-se, do frio nos rigores,

---

[235] No lúcido planeta que, girando no universo, tem o nome de Saturno, o qual reinou no século de ouro, no qual foi banida do mundo qualquer malícia. (N. T.)

Umas se vão não mais voltar querendo,
Tornam outras, buscando o pouso amado,
Rodam outras, os voos seus contendo:

Tal dos lumes o bando sublimado
Pela escada formosa parecia,
Até certo degrau terem tocado.

E o que parou mais perto resplendia
Tão claro, que eu pensei: 'Luz, que eu venero
Em ti, amor, em que ardes, denuncia.

Mas Beatriz de quem sinal espero
Pra dizer ou calar, grave emudece:
Eu pois o anelo meu, reprimir quero'.

Ela, que o meu pensar então conhece,
Pois quem tudo prevê lho manifesta,
"Cumpre", disse, "o que a mente ora apetece".

E comecei: "Direito não me presta
A resposta o meu mérito apoucado:
Mas por aquela, que o valor me empresta,

Espírito ditoso, que velado
'Stás por tua alegria, me declara
Por que tão perto a mim te hás colocado;

E por que muda está na esfera clara
Do paraíso a doce sinfonia,
Que tão devota noutras escutara".

"Como os olhos o ouvido", respondia,
"Tens mortal: nesta esfera não se canta,
Nem Beatriz sorri, como soía.

Tantos degraus desci da escala santa
De prazer por te dar mostra evidente
Em vozes e na luz que me abrilhanta.

Não que me apresse o afeto mais ardente,
Pois lá por cima igual ou mais se acende,
Como te prova o flamejar ingente.

Mas alta caridade, que nos prende
A quem por seu querer tudo governa,
Quais vês, marca os lugares como entende".

"Bem conheço", tornei, "sacra luzerna,
Como o livre amor do céu na corte
Basta para cumprir vontade eterna;

Mas como, entre a dos teus santa coorte,
Tu só chamado a este cargo hás sido,
Por discernir não hei mente assaz forte".

A voz final não tendo proferido,
Qual veloz roda, sobre si girando,
Volveu-se o lume, súbito movido.

O amor, que encerrava, então falando
"Em mim dardeja", disse, "a luz divina,
Esta, que me circunda, penetrando.

Com meu ver, sua ação, que assim combina,
Tanto me alteia, que a Suprema Essência,
Donde ela emana, a mim se descortina.

Daí vem do meu júbilo esta ardência;
Pois a minha visão quanto é mais clara,
Da claridade em mim sobe a eminência.

Alma, porém, que mais no céu se aclara,
O serafim, que em Deus mais se embevece,
Resposta ao teu dizer não deparara.

Tanto o que me perguntas desparece
Dos eternos conselhos no infinito,
Que a vista a todos pávida esmorece.

Ao mundo isto por ti deve ser dito,
Que da verdade saiba quanto aberra,
Os pés movendo ao transcendente fito.

Alma, que é flama aqui, fumo é na terra:
O que no céu jamais saber alcança,
Como ver pode, quando a cinza a encerra?"

Em tanto enleio o seu dizer me lança,
Que humilde, outras perguntas evitando,
Em lhe saber o nome pus a esperança.

"De mares dois no meio demorando,
De Florença não longe, estão rochedos,
Aos trovões sobranceiros se empinando.

Catria chama-se a giba dos penedos:
Ao pé se vê um claustro consagrado
Da alma com Deus aos místicos segredos".

Terceira vez o santo me há tornado.
E disse, prosseguindo: "Nessa ermida
Somente a Deus servir me hei dedicado.

Com suco de oliveira por comida,
Contente a calma e frio suportava,
Passando ali contemplativo a vida.

Nesse retiro ao céu se aparelhava
Ampla seara; estéril tanto agora,
Que o véu já cai que o mal dissimulava.

Fui Pedro Damiano; um Pedro outrora
Dito Pecador[236] junto ao Ádria esteve
Na casa em que invocou Nossa Senhora.

Da vida me restava espaço breve,
Quando ao claustro arrancado, me cingiram
Chapéu, que a indignas fontes já se deve.

Magros descalços a missão cumpriram,
O Vaso de Eleição e Cefas[237], tendo
O pão de cada dia, que pediram.

---

236 Pedro Damiano, monge beneditino, foi prior do mosteiro de Santa Cruz; e, posteriormente, em 1057, foi nomeado cardeal pelo papa Estêvão IX. Pedro Pecador: São Pedro degli Onesti, fundador do convento de Santa Maria do Porto, perto de Ravena. (N. T.)
237 O Vaso de Eleição: São Paulo; Cefas: São Pedro. (N. T.)

Hoje o pastor, a custo se movendo,
Anda de um lado ao do outro carregado,
Quem o sustente por de trás querendo.

Seu manto, o palafrém tendo embuçado,
Dois brutos numa pele está fingindo:
Ó paciência, quanto hás suportado!"

Calou-se. Luzes mil eu vi, fulgindo,
Descer em veloz giro a excelsa escada:
Seu brilho, em cada volta, ia subindo.

Parando em torno a essa alma afortunada,
A voz em som tão alto despediram,
Que não pudera ser de outro igualada.

Não sei, torvado, o que elas proferiram.

CANTO XXII

Outros espíritos bem-aventurados aproximam-se do Poeta, entre eles São Bento, o qual lhe indica alguns dos seus santos companheiros; depois lamenta profundamente a corrupção da ordem por ele fundada. Sobe daí o Poeta à oitava esfera, que é a das Estrelas Fixas.

Voltei-me a Beatriz, de espanto entrado,
Qual menino, que busca sempre o amparo
De pessoa, em quem mais há confiado.

Beatriz, como a mãe, que ao filho caro
Súbito acorre ao vê-lo espavorido,
Com voz, que sói lhe ser terno anteparo,

"Ao céu", disse, "não vês que foste erguido?
Ignoras tu que o céu em tudo é santo
E a caridade a tudo há presidido?

Pois comover-te o grito pôde tanto,
Oh! Quanto o meu sorriso te abalara
E dos celestes coros o alto canto!

Se esse grito os seus rogos revelara,
Já de agora souberas a vingança[238],
Que inda antes de morrer, verás, amara.

Do céu a espada pune sem tardança,
Mas sem pressa, conquanto o não pareça
A quem no medo aguarde e na esperança

Mas por voltar o rosto ora começa:
Que tens de ver espíritos famosos,
Se a vista, como eu digo, se endereça".

Como ordenara, os olhos curiosos
Alcei: glóbulos vejo mais de cento,
Que os raios seus cruzavam luminosos.

Eu estava como quem reprime atento
Do desejo o aguilhão, e receava
Por perguntas mostrar molesto intento;

Eis uma dessas pérolas, que ostentava
Entre as outras mais brilho, mais grandeza.
Para dar-me contento se acercava.

"Se como eu", disse a sua voz, "certeza
Da caridade houvesse, que em nós arde,
Teu desejo exprimiras com franqueza.

Por que maior demora não retarde
Teu fim sublime, eu te darei resposta,
Posto em silêncio o teu pensar se aguarde.

---

[238] Se tivesses ouvido o que foi dito, saberias a vingança de Deus sobre os maus padres, que virá bem cedo. (N. T.)

O monte, que o Cassino tem na encosta[239],
Estava, em seu cabeço, povoado
Por gente ignara, ao erro e ao mal disposta

Ali, primeiro, o Nome hei proclamado
Daquele, que aos humanos a verdade
Trouxe que humanos tanto há sublimado.

Da Graça em mim luziu tal claridade,
Que salvar pude os povos circunstantes
Do culto, que perdera a humanidade.

Eremitas hão sido esses brilhantes
Fogos, que vês: na flama se acenderam,
Que frutos brota e flores vicejantes.

Macário e Romualdo[240] aqueles eram,
Estes os meus irmãos, que, os pés firmando
No claustro, os corações ao Senhor deram".

"Esse afeto, que mostras me falando",
Tornei, "e o bem-querer, que tão patente
Nos esplendores vossos estou notando,

O ânimo dilata-me: igualmente
O Sol faz, quando à rosa purpurina
O seio desabrocha rescendente.

---

239 Montecassino, sobre o qual São Bento, no V século, fundou o célebre mosteiro, no local onde havia um templo a Apolo. (N. T.)
240 Macário (S.), de Alexandria, que, no século IV, fundou vários mosteiros; Romualdo (S.), monge do século X, nascido em Ravena, que fundou a ordem dos Camaldolenses. (N. T.)

E, pois, te rogo, ó Padre meu, te inclina
A declarar-me se a mercê mereço
De ver-te a face, mas sem véu, beni'na".

"O teu sublime anelo todo apreço
Há de achar", disse, "irmão, na extrema esfera,
Onde todos e o meu terão seu preço.

Madura, inteira ali se considera
Perfeita a aspiração; ali somente
Demora cada parte sempre onde era.

Sem polos, sem lugar é permanente;
Até lá nossa escada vai subindo;
Foge-te à vista a sua altura ingente.

Viu-a Jacó, o topo lhe atingindo,
Quando em sua visão a contemplava[241]
De inumeráveis anjos refulgindo.

Mas ninguém por subi-la os pés destrava
Hoje da terra; e a minha regra escrita
Inutilmente nos papéis se grava[242].

A morada monástica bendita
É covil; o capuz se há transformado
E farinha contém ruim, maldita.

---

241 O patriarca Jacó viu em sonho uma escada que da terra subia até o Céu, Gen. XXVIII, 12. (N. T.)
242 Na terra ninguém observa a minha regra de viver religiosamente. (N. T.)

Não seja usura havida por pecado
Tão grave contra Deus, quanto a avareza,
Que aos monges tem os corações eivado;

Pois quanto a Igreja poupa é da pobreza,
Que de Deus por amor seu pão mendiga,
Não pra cevo a parentes, ou a torpeza.

Na terra a carne ao homem tanto obriga,
Que haver um bom princípio não bastara
Entre a planta em nascendo e a sua espiga.

Sem ouro e prata Pedro começara,
Eu com jejuns, com orações; convento
Francisco humildemente levantara.

De cada qual à origem estando atento,
Verás o branco em negro transformado,
Se depois tens seu fim no pensamento.

Maior milagre foi, quando tornado[243]
Para trás, o Jordão do mar fugia,
Do que socorro a tanto mal levado".

Calou-se, e a santa grei logo se unia;
Cerrou-se a grei, e o espírito com ela,
Qual turbilhão, na altura se encobria.

Na escada alcei-me após, da dama bela
Ao oceano; por seu poder mudada
A natureza minha se revela.

---

243 Quando Deus fez com que o Jordão retirasse suas águas e o mar Vermelho deixasse seu leito descoberto para o povo de Israel passar, Jos. III, 14. (N. T.)

Naturalmente nunca acelerada
Descida houve na terra, nem subida,
Que possa ao meu voar ser igualada.

Seja-me assim, leitores, concedida
A glória, pela qual choro e suspiro,
Bata nos peitos de alma compungida,

Como eu, enquanto o dedo meto e tiro,
Do fogo o signo[244], de que está seguido
O Tauro, vi, e entrei logo em seu giro.

Gloriosas estrelas, luz que hás sido
Por grã virtude a causa de que emana
Humilde engenho, que há em mim nascido,

Convosco na carreira, em que se afana,
Andava o que a mortal vida origina,
Quando aspirei primeiro ar da Toscana[245].

E quanto permitiu Graça Divina
Nesse alto céu entrar, que vos compreende,
Por vós passar me deu sorte beni'na.

Por vós devoto anelo em mim se acende
Para alcançar virtude nesse forte,
Árduo passo que a si me atrai, me prende.

---

244 A constelação dos Gêmeos. (N. T.)
245 Dante nasceu no mês de maio, quando o Sol se encontra no signo dos Gêmeos. (N. T.)

"Perto à ventura extrema és de tal sorte,
Que a vista clara tens e penetrante",
Diz Beatriz, o meu formoso norte.

"Mas antes de te ergueres mais avante,
Remira abaixo, e vê, por mim guiado,
Sob os pés quanto mundo está distante;

Por que teu peito, em júbilo inundado,
Seja presente ao povo triunfante,
Que nesta esfera avança extasiado".

Então, volvendo os olhos anelante
Às sete esferas, nosso globo vejo
Tal, que sorri-me do seu vil semblante.

Quem lhe dá pouco apreço em todo ensejo
Aplaudo, e grande sábio, em meu conceito,
É quem põe noutra parte o seu desejo.

Vejo da filha de Latona[246] o aspeito
Sem a sombra, que fosse em parte densa,
Em parte rara imaginar me há feito.

Do filho, Hiperião[247], a flama intensa
Pude olhar; perto e em torno lhe giravam
Maia e Dione[248] em volta pouco extensa.

---

246 A Lua. (N. T.)
247 Alguns mitólogos fazem do Sol um nume diferente de Febo e filho de Hiperião. (N. T.)
248 Maia: mãe de Mercúrio; Dione: mãe de Vênus. (N. T.)

Como aos do pai e filho temperavam[249]
De Jove os fogos, vi e o movimento
Vário, que em roda ao centro seu formavam.

Dos orbes sete eu contemplava atento
Grandeza e rapidez, e compreendia
Distâncias e postos seus no firmamento.

Como o curso dos Gêmeos eu seguia
De montes, mares via todo envolto
O canto estreito, em que homem se gloria:

Olhos depois aos belos olhos volto.

---

[249] Júpiter (Jove) temperava a frieza do pai (Saturno) e o calor do filho (Marte). (N. T.)

CANTO XXIII

Descem Cristo e Maria no meio de anjos e de almas bem-aventuradas. Cristo, porém, logo desaparece; e o arcanjo Gabriel, em forma de chama, coroa a Maria. Depois, Maria sobe no Empíreo, reunindo-se ao seu divino filho.

Quando tudo em seus véus a noite esconde,
Sobre o ninho dos filhos seus amados
Ave, pousada entre a dileta fronde,

Para ver os seus gestos desejados
E buscar cibo que lhes dê sustento,
Desvelos, que lhes são bem compensados,

Da rama espia o tempo de olho atento
E com sôfrego anelo espera o dia,
Da alvorada aguardando o nascimento;

Tal vigilante Beatriz eu via
Para a plaga voltada luminosa,
Onde mais lento o Sol me parecia.

Vendo-a assim pronta em vista e cuidadosa,
Homem fiquei, que melhorar-se aspira
E na esperança alenta a alma cuidosa.

Porém, breve, a demora logo expira
Entre atentar e ver que o céu se aclara
Com luz, que, viva mais e mais, subira.

"Eis a milícia", a dama diz preclara,
"Da vitória de Cristo! Eis a colheita,
Que o giro entre as esferas nos depara!"

Parece a face ter de flamas feita;
Arde nos olhos seus tanta alegria,
Que a palavra a dizê-la não se ajeita.

Qual Trívia[250] em plenilúnios irradia
Entre as ninfas eternas se sumindo,
De que o céu nos recessos se alumia,

Sobre milhões de fogos refulgindo
Um Sol[251] vi, que os clarões seus lhes prestava,
Como aos astros o nosso a luz partindo.

Por entre o aceso lume fulgurava
A Divina Substância[252] tão brilhante
Que a vista, contemplando-a, desmaiava.

"Ó Beatriz! Ó guia doce e amante!"
Tornou-me: "O que te enleia a inteligência
Força invencível tem, sem semelhante.

---

250 Trívia é um dos nomes de Diana, isto é da Lua. (N. T.)
251 Jesus Cristo. (N. T.)
252 Jesus Cristo. (N. T.)

Aqui está o Saber e a Onipotência[253],
Que para o céu caminho abrindo à terra,
Cumpriu-lhe inextinguível apetência".

Como o fogo da nuvem se descerra,
No seio, estreito já, se dilatando,
E, devendo subir, baixa e se aterra,

Assim, entre delícias se alargando,
Alma senti num êxtase arroubada;
Qual fui não sei, de todo me olvidando.

"Abre os olhos e vê qual sou tornada;
Pois te foi dado ver tanto portento
Já posso, ora a sorrir ser contemplada."

Estava eu como quem, no pensamento
De passada visão vestígio tendo
Salvá-los quer em vão do esquecimento,

Quando a sublime oferta recebendo,
De gratidão me entrei, que não se apaga
Do livro, em que o passado está vivendo.

Se quantos coas irmãs Polínia[254] afaga,
Com dulcíssimo leite os alentando,
Por eloquência me ajudassem maga,

Na milésima parte eu, me afanando,
Cantar não conseguira o santo riso,
Que raiava no aspeito venerando.

---

253 Jesus Cristo. (N. T.)
254 A musa da poesia lírica. (N. T.)

Desta arte, descrevendo o Paraíso
Saltar deve este meu sacro poema,
Como em caminho às vezes é preciso.

Mas quem pensar que é ponderoso o tema
E débil o ombro, que lhe está sujeito,
A mal não levará, se ao cargo eu trema.

Não é para baixel pequeno e estreito
O mar que a proa vai cortando agora,
Nem para nauta a se poupar afeito.

"Por que tanto o meu gesto te enamora,
Que não contemplas o jardim formoso,
Que aos doces raios de Jesus se enflora?

Tem a Rosa[255], em que o Verbo milagroso
Carne se fez; os lírios[256] têm, que ensinam
O bom caminho pelo odor mimoso."

Assim diz Beatriz. Pois me dominam
Seus conselhos, aos transes se oferecem
Meus olhos, que ante a luz débeis se inclinam.

À sombra estando, às vezes me aparecem
Prados vestidos de formosas flores
Do Sol aos raios que entre nuvens descem;

Assim turbas distingo de esplendores,
A que do alto baixaram mil ardentes
Clarões sem ver a causa dos fulgores.

---

255 A rosa mística, a Virgem Maria. (N. T.)
256 Os Apóstolos. (N. T.)

Ó Virtude benigna que esplendentes
Os fazes, deste espaço, assim subindo,
Aos meus olhos, pra ver-te inda impotentes.

Da bela flor o doce nome[257] ouvindo,
Que noite e dia invoco sempre, atento
No lume, que maior 'stava fulgindo,

Quando em sua grandeza e luzimento
Vi com meus olhos essa viva estrela[258],
Que vence, como aqui, no firmamento;

Do céu baixando flama se revela,
Que em forma circular, como coroa
Cingiu-a, se agitando em torno dela.

A melodia que mais branda soa
Na terra e as almas para si mais tira,
Trovão seria, que das nuvens troa,

Comparada à doçura dessa lira,
Que, do azul mais suave em céu vestido,
Coroava a bela, divinal safira.

"Sou angélico amor, que, assim movido,
Mostro o prazer, que vem do seio santo,
Que ao Salvador do mundo albergue há sido.

Hei de girar, do céu Senhora, enquanto
Deres, do filho entrando em companhia,
À suma esfera mais divino encanto."

---

257 A Virgem Maria. (N. T.)
258 A Virgem Maria. (N. T.)

Cantava assim da coroa a melodia.
Dos outros lumes todos almo canto
O nome proclamava de Maria.

Dos orbes o primeiro, régio manto[259],
Que sente mais fervor, que mais se anima,
Do Supremo Senhor ao sopro, tanto

De nós distante se internava acima,
Que o aspecto seu na imensidade pura,
De distinguir a vista desanima.

Dos olhos meus a força em vão se apura,
Seguir querendo a flama coroada[260],
Que após seu Filho ergueu-se para a altura.

Qual criança, de leite saciada,
Que, ávida ainda, à mãe estende os braços,
No afeto seu mostrando-se inflamada,

Cada esplendor, subindo nos espaços,
Tendia-se, a Maria revelando
Quanto os prendem de amor excelso os laços.

Depois ver se fizeram modulando
"*Regina coeli*" em tanta consonância,
Que me perdura na alma esse hino brando.

Oh! Dos celestes prêmios que abundância
Se contém nesses cofres, que hão guardado
Frutos colhidos na terrena estância!

---

[259] O nono céu, isto é, o primeiro móvel, que envolve os oito céus inferiores. (N. T.)
[260] A Virgem Maria, coroada pelo arcanjo Gabriel. (N. T.)

No céu se frui tesouro acumulado,
No pranto e em Babilônia conseguido,
Onde o ouro ficara desdenhado.

Do filho de Maria conduzido,
Lá triunfa, por sua alta vitória,
Das duas leis aos santos[261] reunido,

Quem guarda chaves da celeste glória[262].

---

261 Os santos do Velho e do Novo Testamento. (N. T.)
262 São Pedro. (N. T.)

CANTO XXIV

Beatriz roga aos santos que iluminem o intelecto de Dante. Eles manifestam o seu assentimento. O mais luminoso entre os santos, São Pedro, aproxima-se mais do Poeta, interroga-o sobre a Fé. O apóstolo aprova inteiramente as respostas de Dante e o abençoa, cingindo-o três vezes com o seu esplendor.

"Ó soldalício, à ceia convidado
Do cordeiro de Deus, que dá sustento
Tal, que o apetite heis sempre saciado,

Se inda antes de chegar ao passamento
Preliba este homem – assim Deus dispensa –
Da mesa, em que comeis, tênue fragmento:

Alívio dai-lhe em sua sede imensa.
Na fonte sempre hauris, de que deriva
Quanto ele, sôfrego aspirando, pensa."

Disse então Beatriz. Com flama viva,
À guisa de cometa, a grei contente,
Como esferas em polos, gira ativa.

Em relógio quem põe atenta a mente,
Das rodas uma cuida estar sem moto
E correndo estar outra velozmente:

Pelo vário compasso que lhes noto
Nas coreias, já lento, já apressado,
Da glória sua a estimativa adoto.

Do círculo em mor beleza assinalado
Um lume[263] vi surgir tão venturoso,
Que outro nenhum ficara avantajado.

Em torno a Beatriz girou formoso
Por vezes três com tão divino canto,
Que trasladar não posso o som donoso.

Escrever não cabe à pena enlevo tanto,
Cores não tem palavra ou fantasia,
Que exprimam propriamente o doce encanto.

"Santa irmã nossa, que dessa arte envia
Devotos rogos, teu ardente afeito
Dessa bela Coreia me desvia."

Parando, o bento lume ao claro aspeito
De Beatriz o sopro há dirigido,
Que falou do que eu disse pelo jeito.

"Eterna luz desse varão subido,
Que de Deus", torna, "as chaves da alegria
Que infinda à terra deu, hás recebido,

---

263 São Pedro. (N. T.)

Deste homem como queiras avalia
O saber sobre a Fé lhe perguntando,
Pela qual sobre o mar[264] andaste um dia.

Se bem crê, se bem espera, terno amando,
Certo sabeis, pois tens fitado a vista
Onde tudo se está representando.

Mas como cidadãos o céu conquista
Pela Fé verdadeira, para honrá-la
Explique ele por que na Fé persista".

O bacharel apresta-se e não fala
Té que o Mestre a questão haja oferecido,
Por aprová-la, não por terminá-la:

Assim, de todas as razões munido,
Dispus-me, enquanto Beatriz se explica,
A tal assunto, por tal Mestre arguido.

"Teu pensar, bom cristão, me significa:
O que é Fé?" Presto, ouvindo, o rosto alçava
Para a luz, que a questão desta arte indica.

Voltei-me a Beatriz: já me acenava
Para que sem detença água fizesse
Brotar da interna fonte, onde a guardava.

---

264 Sobre as águas do Mar de Tiberíade, São Mateus, Ev. XIV. (N. T.)

"A graça, que concede eu me confesse
Ao sublime Primópilo[265]", assim digo,
"Permita que os conceitos claro expresse!

Como escrito, Pai meu", depois prossigo,
"Foi com verdade pelo irmão amado[266],
Que Roma em bom caminho pôs contigo,

É a Fé a substância do esperado
E argumento evidente do invisível:
Da Fé a essência assim tenho julgado[267]".

Tornou-me: "O parecer teu é plausível,
Se o porquê foi substância definida
E argumento te fica inteligível".

"De mistérios", disse eu, "soma crescida,
A mim nestas esferas revelada,
Está na terra aos olhos escondida.

Sua existência em crença é só firmada,
Em que se fundamenta alta Esperança:
Substância, pois, tem sido intitulada.

E como em crença o raciocínio lança
As premissas sem ter mais outra vista,
Por isso de argumento o nome alcança".

---

265 Assim chamava-se, no exército romano, o centurião da primeira coorte; aqui indica São Pedro. (N. T.)
266 São Paulo. (N. T.)
267 Dante repete a definição que da fé deu São Paulo na Epístola aos Hebreus, XI, 1. (N. T.)

"Se quanto lá na terra homem conquista
Por doutrina, assim fosse compreendido,
Lugar faltava ao engenho do sofista"

Daquele aceso amor foi respondido;
E mais: "Nesta moeda examinado
Metal e peso muito bem tem sido.

Mas diz: na bolsa a tens arrecadado?
"Sim", tornei, "tão redonda é, tão polida,
Que do bom cunho estou certificado".

A voz então, desse esplendor saída
Perguntou-me: "Essa pedra preciosa,
Em que toda virtude se acha erguida

Donde a ttens?" Eu: "A chuva copiosa,
Pelo Espírito Santo derramada
Na Lei antiga e nova[268] portentosa,

Razão é, porque foi-me demonstrada
Com agudeza tal, que outra seria
Obtusa, se lhe fora comparada".

"Por que divina lei pareceria
A nova e a antiga", a voz logo retorna,
"Que a tão profunda convicção te guia?"

"É prova que a verdade clara torna
De obras a série", eu disse, "a que natura
Nunca ferro aqueceu, bateu bigorna".

---

268 O velho e o novo testamento. (N. T.)

A luz me replicou: "Quem te assegura
Que as obras fossem tais? Quem defendido
Por provas deve ser. Quem mais to jura?"

Então falei: "Se o mundo convertido[269]
Sem milagres de Cristo à lei se houvesse,
Este o maior milagre houvera sido;

Porque pobre, em jejum, para ter messe
Semeado hás na terra ótima planta:
Onde foi vinha, hoje espinhal só cresce".

Mal concluía, quando a corte santa
Nas esferas "Louvemos Deus!" entoa
Nessa toada, em que no céu se canta.

Do sublime Barão, que até a coroa
De ramo em ramo me elevado havia,
Naquele exame, a voz de novo soa.

"A graça com tua mente consorcia
Tanto, que por teus lábios tem falado:
'Té aqui respondeste o que cumpria.

Dou, pois, assenso ao que me tens tornado;
Mas tua crença exprime, lhe acrescendo
De que fonte à tua alma ela há brotado."

---

[269] Dante repete a argumentação de Santo Agostinho, De Civ. Dei, livro XXIV, cap. 5. (N. T.)

"Ó Santo Padre, ó espírito, que vendo
estás quanto creste, tanto que chegaste
Ao Sepulcro, o mais moço antecedendo[270],

"Direi", lhe torno, "(assim determinaste)
Da minha Fé a fórmula evidente,
Sua origem direi como ordenaste.

Em um só Deus eu creio onipotente,
Eterno, que, imutável, os céus move
No desejo e no amor sempre clemente.

São, para que tal crença se comprove,
Metafísica e física discretas;
Mas da verdade a prova também chove

Por Moisés, pelos salmos, por profetas,
Pelo Evangelho e escritos, que inspirado
Vos tem o Esp'rito Santo, almas seletas.

Nas Três Pessoas creio afervorado;
Creio na essência delas Una e Trina,
Tanto que é 'stá com são bem conjugado.

O que de altos mistérios da divina
Condição digo, em traços mil se assela
Em mim pela evangélica doutrina.

Este o princípio, esta a fagulha bela,
Que depois se dilata em flama ardente
E em mim cintila, qual nos céus estrela".

---

[270] São Pedro chegou ao sepulcro de Jesus, depois da ressurreição, antes de São João Evangelista. João XX, 1-9. (N. T.)

Qual patrão, que de servo diligente
Aprazíveis notícias escutando,
Feito o silêncio, o abraça de contente,

Assim, quando acabei, me abençoando
E cantando, três vezes me acercava
O esplendor apostólico, mostrando

Das respostas que eu dei quanto folgava.

CANTO XXV

São Tiago examina o Poeta sobre a Esperança, perguntando em que ela consiste, se ele a possui, de onde veio nele. À segunda pergunta responde Beatriz; às outras duas responde Dante. Aproxima-se São João Evangelista e diz a Dante que o seu corpo, apesar da comum opinião, morrendo, ficara na Terra.

Se este sacro poema houver podido[271]
(Em que tem posto a mão o céu e a terra
E em que hei por tanto tempo emagrecido)

Aquele ódio abrandar que me desterra
Do belo aprisco, onde eu dormi cordeiro,
Contrário aos lobos, que lhe movem guerra;

Com voz e lã melhor que de primeiro
Voltando, eu do batismo sobre a fonte
Hei de, vate, cingir-me de loureiro;

Pois lá entrei na fé, que uma alma insonte
Aproxima de Deus e causa há sido
De girar Pedro em torno à minha fronte.

---

[271] Dante exprime a esperança que o seu Poema abrande os espíritos dos seus concidadãos e lhe seja concedida a volta a Florença. (N. T.)

Então a nós um lume vem saído
Da grei, a que a primeira pertencia
Dos vigários, que há Cristo instituído.

Beatriz, resplendente de alegria,
"Olha!", me disse, "Eis o Barão famoso[272]
Por quem vai-se à Galízia em romaria!"

Quando à consorte acerca-se amoroso
O pombo, cada qual mostra, girando
Entre arrulhos o ardor seu amoroso:

Os dois Príncipes vi tão ledos, quando
Da glória sua no esplendor se acolhem
O manjar[273], que se frui no céu louvando.

Depois que as saudações entre si colhem
Coram me cada um tácito fica
Com tais clarões, que de os olhar me tolhem.

Sorrindo, Beatriz assim se explica:
"Ó alma egrégia, por quem foi descrita
Delícia, de que a nossa igreja é rica[274],

Aqui a Esp'rança faz ouvir bendita:
Mostraste-a, toda vez que aos três há dado[275]
Jesus de vê-lo em sua Glória a dita".

---

272 São Tiago, cujo corpo foi sepulto em Compostela, na Galícia. (N. T.)
273 Deus. (N. T.)
274 Refere-se Dante à chamada epístola católica que, porém, por muitos é atribuída a São Tiago Zezedeu. (N. T.)
275 No Evangelho os três apóstolos Pedro, João e Tiago figuram as três virtudes teologais, a fé, a caridade e a esperança. (N. T.)

"Ergue o rosto com espírito esforçado,
Pois da terra quem sobe a tanta altura
Ser deve ao brilho nosso afeiçoado".

O ânimo desta arte me assegura
A luz segunda; a vista, pois, levanto
Aos montes, cujo lume a fez escura.

"Se o nosso Rei te há dado favor tanto,
Que vês os condes seus antes da morte
Do seu palácio no recinto santo,

Porque, vindo é verdade desta corte,
A Esperança, que tanto os homens prende,
Em ti, nos mais o coração conforte.

O que ela seja diz, como se acende
Em tua alma; diz donde se origina."
Estas palavras inda o santo expende.

E quem as plumas conduziu beni'na
Das asas minhas neste voo ingente,
Tornou, por que a resposta me previna:

"A militante Igreja um mais ardente
Filho não tem na Esp'rança, como escrito
É no Sol, que alumia a nossa mente.

Eis por que Deus permite que do Egito,
Para ver a Sião tinha chegado
Antes de estar o tempo seu prescrito.

Os outros pontos dois lhe hás perguntado,
Somente porque à terra ele respira
Quanto és desta virtude deleitado.

Lhos deixo, sem que assim vangloria aufira;
Poderá responder ao teu contento,
Se a Graça divinal o alenta e inspira.

Como discíp'lo, que a seu Mestre atento
De assunto fala, em que é perito e experto,
Folgando de mostrar zelo e talento,

"Esperança" é, disse eu, "guardar certo
Da Glória, pela Graça produzida
E mérito provado e descoberto.

Sendo luz de astros muitos procedida,
Pelo sumo cantor do Sumo Guia
Foi-me primeiro na alma introduzida.

'Espere em ti', na excelsa Teodia
Disse, 'aquele, que o nome teu conhece:
Com fé como eu, quem não conheceria?'

Como seu rocio, também sobre mim desce
O da Epístola sacra e, redundante,
Outros inunda a chuva, que recresce".

Falava assim: do seio coruscante
Daquele incêndio tremulava chama,
Qual relâmpago, súbita, incessante.

Respondeu-me: "Esse amor que inda me inflama
Pela virtude, que me dera alento
No martírio, ao findar da vida a trama,

Atrai-me a ti, que tens contentamento
Por ela; e, pois, me diz de qual ventura
A Esperança te fez prometimento".

E eu: "Foi declarado na Escritura
O sinal (sua forma está sabida)
De almas, que, amigas, o Senhor apura

Disse Isaías: cada qual cingida
Em sua pátria será de dupla veste,
E a pátria sua é nesta doce vida.

Por que mais a verdade manifeste,
Das cândidas estolas discorrendo
Mais claro teu irmão falou do que este".

Palavras tais eu proferido havendo.
"*Sperant in te*" ressoa lá da altura,
Ao hino os coros todos respondendo.

Lume entre eles depois tanto fulgura,
Que, se o Câncer tivesse igual estrela,
Fora do inverno um mês luz sem mistura.

Como leda no baile entra a donzela
E, para a noiva honrar, dança inocente
Sem que vício ou vaidade impere nela:

O clarão assim vi resplandecente
Aos dois se apropinquar, que circulavam
Quanto convinha ao seu amor ardente.

Entrou no canto e dança, que formavam:
Qual sem voz esposa imota, aos três o aspeito
De Beatriz os olhos contemplavam.

"O santo é este, que estreitava ao peito
O nosso Pelicano e dele há sido
Sobre a cruz à missão sublime eleito."

Assim diz Beatriz. Sempre embebido
O seu olhar está na luz terceira
Depois, como antes de eu a ter ouvido.

Quem do Sol fita os olhos na carreira,
Crendo vê-lo de eclipse anuviado,
Para ver sente o efeito da cegueira:

Por esse lume assim fui deslumbrado.
"Por que te afanas procurando", fala,
"O que no céu não pode ser achado?"

Na terra o corpo meu à terra iguala,
Até que o nosso número complete
O que eterno propósito assinala.

Ter vestes duas só do céu compete
No claustro aos lumes dois, que se elevaram:
Esta verdade ao mundo teu repete".

Calou-se e os esplendores três pararam
E com eles a doce melodia,
De que os sons a coreia acompanharam.

O remo, assim, que o mar de antes feria,
Se há fadiga ou perigo, é bem que cesse,
Logo ao sinal do apito, que assobia:

Na mente ai! Quanto a comoção recresce,
Quando o gesto não pude ver formoso
De Beatriz ainda que eu estivesse

Ao seu lado e no mundo glorioso!

CANTO XXVI

O apóstolo São João interroga Dante a respeito da terceira virtude teologal, a Caridade. Responde Dante, e os seus conceitos são aplaudidos por toda a corte celeste. Beatriz reaviva no Poeta a vista que estava ofuscada. Aproxima-se Adão, que lhe fala e esclarece alguns pontos duvidosos de Dante.

Fosse já morta a vista eu receava,
Eis da fúlgida flama[276], que ofuscara,
Atento fez-me a voz, que assim falava:

"Enquanto a força a vista não repara,
Que em minha nímia luz hás consumido
Compensação no discursar depara.

Começa e diz pra onde é dirigido
Teu espírito e sabe que, se escura
A vista sentes, não a tens perdido;

Pois quem te guia na divina altura
Virtude tem no olhar, como Anania[277]
Nas mãos tivera, que a cegueira cura".

---
276 São João Evangelista. (N. T.)
277 A mão de Ananias teve a virtude de restituir a vista a São Paulo, que ficara cego pela luz do céu que o investiu (Atos dos Apóstolos IX, 10-17). (N. T.)

"Quando bem lhe aprouver", eu respondia,
"Remédio aos olhos dê, por onde a chama
Com ela entrou, que sempre incendia.

O Bem, que pelo céu prazer derrama
Alfa e Ômega há sido na escritura,
Que amor ou forte ou leve em mim proclama".

Aquela mesma voz, que me assegura
Não haver eu de súbito cegado,
Inda excitar-me a lhe falar procura.

"Por mais estreito crivo ser passado
Deves", disse, "e portanto denuncia
O que ao fito há teu arco endereçado".

"Razões", tornei, "da sã filosofia
E autoridade, que daqui descende,
Me influem desse amor toda a energia.

O bem, enquanto bem, quando se entende,
Ateia amor que é tanto mais ardente,
Quanto mais de bondade em si compreende.

É, pois, essência, em si tanto excelente,
Que todo bem, que ser lhe possa externo
Reflexo é só da sua luz fulgente;

Atrai, mais que outra, o espírito, que, terno,
Amando, conhecer pode a verdade,
Que desta prova é o alicerce eterno.

Dessa verdade eu vejo a claridade
Naquele, que demonstra o amor primeiro[278]
De todo ente, a quem cabe eternidade.

Vejo na voz do Autor, só e verdadeiro,
Que de si disse, a Moisés falando:
'O bem te hei de mostrar perfeito e inteiro'.

Também tu mo revelas, começando
O sublime pregão[279], que à terra ensina,
Mais que os outros, o arcano venerando".

"Pela razão", ouvi, "pela divina
Autoridade, que com ela acorda,
O amor teu, e mais que tudo a Deus destina.

Diz-me, porém: não sentes outra corda,
Que para Deus te arrasta? Faz patente
Com quantos dentes esse amor te morda".

Da Águia de Cristo não me foi latente
O propósito santo e onde queria
Na profissão levar-me diligente.

"Estímulos, que possam", lhe eu dizia,
Para Deus impelir a humana essência,
Tem minha caridade noite e dia;

Porque do mundo o ser; minha existência;
A morte que sofreu para que eu viva;
O que espera um cristão da fé na ardência;

---

278 Dante se refere ou a Platão ou a Aristóteles, em algum ponto dos seus livros no qual declaram que Deus é a suprema causa. (N. T.)
279 O Evangelho de São João. (N. T.)

Do bem, que eu disse, a inteligência ativa,
Me afastaram do mar do amor culpado,
Do santo amor me conduzindo à vida.

As flores, de que o horto é todo ornado,
Do Jardineiro eterno, eu amo tanto,
Quanto ele em perfeição lhes tem doado".

Calei-me e ressoou melífluo canto
Pelo céu, que Beatriz acompanhava,
Dizendo todos: "Santo! Santo! Santo!"

Como pungente luz olhos destrava
Do sono, a vista, o brilho procurando,
Que as pálpebras descerra, invade, agrava!

E o desperto, os motivos ignorando
Da súbita vigília, olhos desvia,
Na mente, entanto, a reflexão calando:

Em mim, dessa arte, a névoa desfazia
De Beatriz o olhar, que pelo espaço
De mais de milhas mil resplendecia.

Então mais claro que antes a ver passo:
Quarta luz perto a nós, maravilhado,
Diviso e uma pergunta logo faço.

E ela: "Nesse lume, ora chegado,
Seu Criador contempla a alma primeira
Que a Virtude primeira[280] haja criado".

---

280 Alma primeira: Adão; Virtude primeira: Deus. (N. T.)

Qual fronde, que, ao soprar da aura ligeira,
O cimo curva e, logo após, se erguendo
Pela força, que a torna sobranceira,

Tal eu, essas palavras lhe entendendo
Atônito fiquei; depois seguro
Fez-me um desejo, que me estava ardendo.

"Único pomo, que nasceu maduro!
Dos homens pai, que hás visto filha e nora
Em cada esposa então e no futuro!

Devota e humilde a minha voz te exora!
Fala-me, pois! Do meu desejo és certo;
Almejo ouvir-te, e não to expresso agora".

Como de manto um animal coberto
Movimento, que os membros seus agita
Pelo envoltório, deixa descoberto:

Assim essa primeira alma bendita
Pelo tremor da sua luz mostrava
O prazer de agradar-me quanto a excita.

"Não hei mister declares", me tornava,
"Teu desejo, melhor que tu sabendo
Quanto a certeza em tua mente grava.

Nesse espelho infalível estou lendo,
Em que é todo o visível refletido,
Cousa nenhuma o refletir podendo.

Dante Alighieri

Ouvir aspiras quando vindo hei sido
Lá no santo jardim, donde, guiado
Por tão comprida escada, tens subido;

Quanto tempo ali fui deliciado;
Da cólera divina a causa vera;
Que idioma falei, por mim formado.

O pomo, ó filho meu, não considera
Motivo só por si do acerbo exílio,
Mas ordens transgredir, que Deus me dera.

Lá donde Beatriz moveu Virgílio[281]
Quatro mil e trezentos e dois anos
A ventura anelei deste concílio.

Do desterro senti na terra os danos,
Enquanto vezes novecentas trinta
Seu giro fez o Sol do céu nos planos.

Antes que a gente de Nemrod consinta
Em meter mãos à obra interminável,
A língua, que falei, se achava extinta.

De homem feitura sempre perdurável
Não é; vem do capricho e um dia cessa,
Do céu segundo o influxo variável.

A humana fala a natureza expressa;
Por ela o modo de falar deixado
Ao homem está, segundo lhe interessa.

---

281 O limbo. Dante, seguindo o cálculo d'Eusébio, crê que da criação do mundo até a morte de Jesus Cristo passaram 5.232 anos; subtraindo dos quais os 950 que Adão viveu, ficam 4302 anos. (N. T.)

Antes de eu ter no inferno penetrado
El o supremo bem significava,
Que desta leda luz me há circundado;

Depois em Eli o nome se mudava;
Qual rama dos mortais uso varia,
Sucede a folha nova à que secava.

No monte, que mais alto ao ar se envia[282]
Santa vida vivi, depois culpada,
Da hora prima à sétima do dia,

Noutro quadrante o Sol fazendo entrada".

---

282 Adão viveu no Paraíso Terrestre, isto é, na parte mais alta do monte Purgatório, apenas sete horas. (N. T.)

CANTO XXVII

São Pedro exprobra os maus pastores da Igreja; e todos os santos manifestam a sua aprovação às palavras do Apóstolo. Novamente o Poeta contempla a Terra e, depois, com Beatriz, eleva-se ao Primeiro Móvel.

"Glória ao Pai! Glória ao Filho! Ao Esp'rito Santo!"
Uníssono entoava o Paraíso:
Senti-me inebriado ao doce canto.

Pareceu-me o que eu via um doce riso
Do universo: tomava-me a ebriedade
Pelos olhos e ouvidos o juízo.

Ó júbilo! Ó inefável felicidade!
De paz ó vida inteira e de ternura!
Riqueza certa, isenta de ansiedade!

Fulgia-me ante os olhos a luz pura
Dos esplendores quatro[283]; mais brilhante
O que veio primeiro eis se afigura!

---

283 As almas dos três apóstolos e de Adão. (N. T.)

E tal se me apresenta o seu semblante,
Qual fora Jove, se, aves ele e Marte[284],
A plumagem trocassem rutilante.

A Providência, que no céu reparte
Tarefa a cada qual, calar fizera
O venturoso coro em toda parte,

Quando lhe ouvi: "A cor se em mim se altera
Não o estranhes: enquanto estou falando
Mudança igual em todos ver espera.

Quem, meu lugar na terra ora usurpando[285],
Meu lugar, meu lugar, vago em presença
De Cristo o deixa, converteu nefando

Meu cemitério[286] na sentina imensa
De sangue e podridão, com que o perverso,
Do céu lançado, frui delícia intensa".

O céu então eu vi todo submerso
Na cor, que por manhã e à tarde acende
Sobre as nuvens o Sol do lado adverso.

Qual a dama, que à virtude cultos rende
E, de si bem segura, se enrubesce,
Quando torpezas de outra ouve e compreende,

---

284 São Pedro de branco que era ficou vermelho, como o planeta de Marte. (N. T.)
285 O papa Bonifácio VIII, que, segundo o Poeta, obteve o Papado usando de fraudes. (N: T.)
286 Roma ou mesmo o Vaticano, onde segundo a tradição foi sepultado o corpo de São Pedro. (N. T.)

Beatriz transmudada me parece,
Ao céu ante a paixão do Onipotente
Igual eclipse em seio que envolvesse.

Prosseguiu logo o Apóstolo eminente;
E tanto a voz lhe estava demudada,
Que mais não fora o vulto seu rubente.

"Com sangue meu a Igreja alimentada
Não foi, nem Lino e Cleto[287] o seu lhe deram
De ouro em ganância para ser mudada.

Como Calixto e Pio mereceram,
Urbano e Sixto[288] a sempiterna vida?
Pós muito pranto o sangue seu verteram.

Por nossos sucessores dividida
Não quisemos a grei – parte chamada
À destra, parte à esquerda repelida;

Nem que das chaves fosse a insígnia usada
Por estandarte em campo sanguinoso
Contra cristãos em guerra encarniçada.

Nem que, por privilégio mentiroso
De traficância, em selo eu figurasse
Quanta vez de pudor me acendo iroso!

Com vestes de pastor lobo rapace
Daqui em cada pascigo se avista:
Para que não surgiu Deus, que os fulminasse?

---

287 São Lino e São Cleto foram sucessores de São Pedro. (N. T.)
288 Sixto foi elevado ao Papado no ano 128; Pio, em 154; Calixto, em 218 e Urbano, em 231. (N. T.)

De Gasconha e Cahors[289] raça malquista
Beber-nos sangue vem: belo começo,
O indigno fim que tens, quanto contrista!

Mas Deus que a Roma, do seu mal no excesso,
De mundo em glória os Cipiões mandava,
Dará socorro, como foi-me expresso.

E tu, que o peso da matéria grava,
Voltando, ó filho, ao mundo lhe revela
Quanto eu te digo dessa gente prava".

Como o vapor nos ares se congela,
E em flocos baixa, quando o Sol tocado
Pelas pontas está da Cabra bela;

Assim vi eu o éter adornado
De clarões triunfantes, que detido
Haviam-se na altura ao nosso lado.

Tinha-os a vista na ascensão seguido
E os seguiu 'té que enfim subir avante
Pelo espaço não foi-lhe permitido.

Que eu não podia ver mais adiante
Notando, Beatriz disse: "Repara
Quanto agora, girando, estás distante".

---

289 O Poeta alude a João XXII de Cahors, elevado ao papado em 1316, e a Clemente V de Gasconha, papa em 1305. (N. T.)

Desde a hora, em que a terra eu contemplara,
Por todo o arco, que o clima faz primeiro,
Do meio até o fim, já me avançara[290].

A passagem, que Ulisses aventureiro
Além Gades tentou e a plaga via,
Em que Europa foi cargo prazenteiro,

Naquela área inda mais divisaria;
Porém sob os meus pés o Sol andava
Distância, que a de um signo precedia.

A namorada mente, em que reinava
Sempre a Senhora minha, no incentivo,
Mais que nunca de olhá-la se inflamava.

Se de arte ou natureza almo atrativo
Pelos olhos prender nos pode a mente,
Seja em pintura, seja em corpo vivo,

Nada foram, conjuntas, certamente,
Ante o enlevo que o peito me ilumina,
Quando me volta ao gesto seu ridente.

Virtude, olhando-a em mim tanto se afina
Que do ninho de Leda[291] me destrava
E ao céu velocíssimo me empina.

Tanto na altura e brilho se mostrava
Uniforme este céu, que eu não sabia
Qual pouso Beatriz me destinava.

---

290 Desde a hora em que pela primeira vez eu olhara para a terra, notei que havia percorrido a quarta parte da esfera e, por isso, eram passadas seis horas. (N. T.)
291 Constelação dos Gêmeos (Castor e Pólux nasceram dos amores de Leda com o cisne). (N. T.)

Ela, porém, que o meu desejo via
No sorriso tão leda assim começa,
Que em seu rosto exultar Deus parecia.

"O movimento, que no centro cessa,
Em torno ao qual, porém, tudo o mais gira,
Daqui partindo à roda se endereça.

Somente a sua ação este céu tira
Da soberana Mente, em que se acende
O amor, que o move, o influxo, que respira.

De luz e amor um círculo o compreende,
Assim como ele aos mais; deste precinto
Unicamente quem lho cinge entende.

Seu movimento é por si só distinto,
Por ele os outros céus medidos sendo,
Como dez por metade e por seu quinto.

Ficas, portanto, ao claro conhecendo
Como o tempo a raiz neste céu tenha,
As ramas pelos outros estendendo.

Fatal cobiça; que os mortais despenha
Em tão profundo pélago, que alçar-se
Do abismo fora a vista em vão se empenha!

Nos homens o querer pode enflorar-se,
Mas de chuvas contínuas açoutado
Bom fruto são não há-se conservar-se.

Fé, inocência, abrigo têm buscado
Nas crianças; mas cada qual se esquiva
Antes que à face o buço haja apontado.

Quem balbucia de comer se priva;
Em tendo solta a língua, a qualquer hora
Mostra em toda iguaria fome ativa.

Quem balbucia a mãe respeita e adora;
Mas, quando a voz já sente desprendida,
Vê-la em mortalha o seu desejo exora.

Assim de alva se torna enegrecida
A cútis da gentil filha daquele,
Que traz manhã, da noite em despedida.

Estranheza, porém, de ti repele
Vendo o gênero humano transviado:
Quem há que em bem regê-lo se desvele?

Por força do centésimo olvidado
Inda antes de deixar Janeiro o inverno[292],
Hão de as esferas dar tão forte brado,

Que a fortuna, de esperança alvo hodierno
Fará que as popas deem lugar às proas,
A armada[293] correrá com bom governo

E após as flores virão frutas boas".

---

292 Antes de o mês de janeiro não mais pertencer ao inverno, e sim à primavera, pela acumulação das frações de tempo que não foram calculadas na reforma do calendário efetuada por Júlio César, que ainda vigorava no tempo do Poeta. (N. T.)
293 A humanidade. (N. T.)

CANTO XXVIII

 Dante volve os olhos para Beatriz, que estava atrás dele; depois mira para a frente e vê um ponto brilhantíssimo, em torno do qual se movem nove círculos de luz, que giram mais rapidamente e são mais brilhantes quanto mais próximos estão dele. Aquele ponto é Deus; os círculos são os coros angélicos.

Depois que acerca do existir presente
Dos míseros mortais mostrou verdade
Aquela a que emparaísa a mente,

Como quem vê no espelho a claridade
De tocha, que de trás esteja acesa,
Suspeita inda não tenho da verdade;

E, para olhar voltado, tem certeza
De que o vidro é fiel ao que apresenta,
Como o canto é do metro a natureza:

Assim minha memória representa
Que eu fiz, nos belos olhos me enlevando,
Com que amor cativou minha alma isenta.

Dante Alighieri

De os contemplar, porém, os meus deixando
E no que esse orbe faz onipotente,
Quando em seu giro atenta-se os fitando,

Um ponto vi, que lume tão fulgente
Dardejava, que a vista deslumbrada,
Fechava-se ante o lume translucente;

Estrela, ao parecer, mais apoucada,
Junto dela, de Lua figurada,
Como estrela ao pé de outra colocada.

Como a coroa talvez, que se depara
Cingindo astro, que a torna luminosa,
Quando o vapor que a tem mais condensara,

Ígneo círculo, em carreira impetuosa,
Distante, ao Ponto mais veloz cercava
Do que a esfera que vai mais pressurosa.

Este círculo primeiro outro abraçava;
Ao terceiro o segundo, outro ao terceiro,
Ao quarto o quinto e o sexto o circundava.

Tão largo o sétimo era, que, inda inteiro,
Abrangido, por certo, o não teria
Aquele, que de Juno é mensageiro[294].

Oitavo e nono assim: mas se movia
Mais lento cada qual, segundo ele era
Mais longe do primeiro, que corria.

---
294 Íride, o arco-íris. (N. T.)

E a flama rutilava mais sincera
No que da Excelsa luz[295] mais perto estava
Creio que em fluxo seu mais recebera.

Mas Beatriz, que o enleio meu notava
"Daquele Ponto o céu e a natureza
Estão na dependência", me falava.

"Olha o círculo mais próximo e a presteza,
Que tanto lhe acelera o movimento:
De ardentíssimo amor punge-o a viveza".

"Se do mundo", eu lhe disse, "o regimento
Fosse qual nestes orbes aparece
Do que ouço eu conseguira já contento;

Mas no mundo sensível me parece
Ser cada esfera tanto mais divina,
Quanto mais longe do seu centro desce,

Se instruir-me o querer teu determina
Neste seráfico, estupendo templo,
Que só com luz e com amor confina,

Explicar-me te digna, porque o exemplo
Não se conforma em tudo ao seu modelo:
Por saber a razão em vão contemplo".

"De desatar o nó se ardente anelo
Teus dedos não contentam, não te espante:
Tal é, porque ninguém tentou solvê-lo."

---

295 Deus. (N. T.)

Tornou-me ela e seguiu: "Terás bastante
No que direi de luz ao entendimento:
Aguça o engenho e escuta vigilante.

Nos circ'los corporais[296] o crescimento
Regula pelo influxo, que é espargido
Nas partes que lhes formam complemento.

Mor bondade, mor bem tem produzido[297]
De mor bem foi mor corpo aquinhoado,
Se igual primor nas partes é contido.

O circ'lo, pois, do qual arrebatado
Gira o alto universo, é referente
Ao de amor e ciência mais dotado.

Se à virtude a medida propriamente
Adaptas, não regendo-te a aparência
Das substâncias, que em círculos tens em frente,

Mirífica hás de ver correspondência
Entre maior e mais, menor e menos
Em cada céu e a sua inteligência[298]".

Como os ares são fúlgidos, serenos,
Se Bóreas sopra aquela face inchando,
Que os hálitos difunde mais amenos.

---

296 Os céus do mundo sensível. (N. T.)

297 Os corpos que contêm em si maior bondade difundem maior bem. (N. T.)

298 Medindo os Céus não pela aparência, mas pela virtude, verás que o menor que está mais perto de Deus corresponde ao maior no mundo sensível; e assim por diante. (N. T.)

Resolvendo-se a névoa e se apagando
A sombra que o hemisfério enegrecia,
E o céu, a rir-se, as pompas ostentando:

Assim eu, quando aquela que me guia
Com sua explicação minha alma aclara,
E a verdade, qual astro, me alumia.

Depois que as vozes suas rematara,
Bem como ferro a faiscar fervente,
Dos círculos cad'um flamas dispara.

Cada centelha incêndio faz ingente
Em soma tal, que a do xadrez passava,
Dobrando-se o algarismo infindamente.

De coro em coro *hosana* ressoava[299]
Ao Ponto, que ao seu *ubi*, onde têm estado
E onde sempre estarão pra sempre os trava.

Ela, o espírito meu vendo atalhado,
Disse-me: "Aqueles círculos primeiros
Te hão Serafins e Querubins mostrado.

Assim nos orbes seus volvem ligeiros
Por semelhar-se ao Ponto e o conseguindo,
Segundo a vê-lo estão mais altaneiros.

Os Amores, que em torno estão, seguindo,
Tronos se chamam do divino aspeto
O primeiro ternário concluindo.

---

[299] Os coros hosanavam a Deus que os mantém no seu lugar, onde estiveram e ficarão por toda a eternidade. (N. T.)

Prazer, bem sabes, todos têm seleto,
Quanto mais sua vista se aprofunda
Na verdade, alto fito do intelecto.

Desta arte se conhece que se funda
Mais na visão celestial ventura
Do que no amor, ação, que vem segunda[300].

Da visão é a medida a mercê pura,
Por vontade e por graça produzida:
De grau em grau se encalça a criatura.

Outro ternário, que do céu movida.
Germina em primavera sempiterna,
Pelo Áries noturno não despida,

Hosana entoa na harmonia eterna
Com três coros; que soam de alegria
Em ordens três, em cujo seio interna.

Ordens três compreende a jerarquia,
Dominações, Virtudes, ocupando
Potestades final categoria.

Nos penúltimos círculos girando,
Principados e Arcanjos resplandecem;
E dos Anjos, após festivo bando[301].

---

300 Era uma questão da escolástica: a beatitude celeste consiste na visão ou no amor? Dante segue Santo Tomás, que a põe na visão de Deus. (N. T.)
301 O Poeta colocou nos primeiros três círculos os Serafins, os Querubins e os Tronos; nos três círculos sucessivos estão as Dominações, que ensinam a arte de dominar para o bem, as Virtudes, que operam os milagres, e as Potestades, que ensinam a respeitar a autoridade. Nos últimos círculos estão os Principados e os Anjos e Arcanjos. (N. T.)

No Ponto as Ordens todas se embevecem,
De baixo a Deus são todas atraídas,
E uma das outras a atração padecem.

Contemplando-as, ideias tão subidas
Dionísio[302] formou com tanto zelo,
Que as fez, como eu, por nomes conhecidas.

Não quis Gregório[303] como norma tê-lo;
Neste céu quando entrou, porém, se ria
Do erro, em que estivera, ao percebê-lo.

Mortal, que o grã mistério compreendia
E o disse à terra, não te mova espanto:
Quem tinha-o visto[304] aqui lhe descobria

E mais verdade deste império santo".

---

302 O Aeropagita, que escreveu um livro sobre as hierarquias celestes. (N. T.)
303 O papa São Gregório Magno, que divergiu das opiniões de São Dionísio sobre as hierarquias celestes. (N. T.)
304 São Paulo, que em vida teve uma visão das coisas celestes e foi mestre de São Dionísio.. (N. T.)

CANTO XXIX

Beatriz esclarece a Dante que os anjos foram criados por Deus no mesmo tempo em que foram criados os céus. Fala-lhe dos anjos fiéis e dos anjos rebeldes, os quais foram precipitados no Inferno. Censura os falsos filósofos e os padres mentirosos que esquecem que o escopo da predicação é persuadir os homens a serem cristãos e vendem as indulgências para obter bens materiais.

Quando aos dois gentis filhos de Latona,
Um por Áries coberto, outro por Libra,
A um tempo cinge do horizonte a zona,

Quanto espaço o zênite os equilibra,
'Té que mude o hemisfério e, desprendido
Deste cinto, um e outro se deslibra,

Tanto calou-se Beatriz, luzido
De riso tendo o rosto e olhos fitando
Nesse Ponto que os meus tinha vencido[305].

---

305 Quanto tempo o Sol e a Lua, quando essas duas estrelas estão – o Sol perto de Áries no poente, e a Lua perto da Libra no oriente – encontrando-se simultaneamente no mesmo horizonte por poucos momentos, tanto tempo Beatriz ficou calada, fixando o Ponto luminoso, isto é Deus. (N. T.)

"Teu desejo", falou-me, "antecipando
Agora não te inquiro: já o hei visto
No centro de todo o ubi e todo o quando.

Não para ter mais perfeição, pois isto
Fora impossível, mas porque fulgindo
O seu esplendor dizer pudesse, 'Existo',

Na Eternidade, o tempo não medindo
Nem o lugar, criar se há dignado
Amores nove[306] o Eterno Amor se abrindo.

Antes não tinha na inação ficado:
Nem antes, nem depois era existente,
Quando Deus sobre as águas foi levado.

Matéria e forma puras, juntamente[307],
Quais setas de tricorde arco voando
Saíram do ato da Infalível Mente.

Como, em vidro, em cristal, em âmbar quando
Luz do Sol toca, é logo refletida
Do vir ao ser distância não se dando,

Tal a obra triforme, concluída
De uma só vez, no ser raiou perfeita
Sem 'star parte por outra antecedida.

---

306 Os nove círculos de anjos. (N. T.)
307 Deus criou no mesmo tempo a forma pura (os anjos), a matéria pura (os elementos), a forma conjunta à matéria (os corpos e as almas). (N. T.)

Ordem foi concriada, a que é sujeita
Cada substância; o cimo foi marcado
No mundo a que por ato puro é feita[308];

À força pura imo lugar está dado;
São no meio travados força e ato
Por nó que indissolúvel se há tornado.

Jerônimo escreveu que longo trato
De séculos antes de outro mundo feito
Fora dos anjos o império nato.

A verdade, porém, 'stá no conceito
De escritores, que influi o Espírito Santo[309]
Verás, pensando, da verdade o efeito.

Razão em parte o vê também, porquanto
Compreender não pudera que os motores
Inertes fossem por espaço tanto.

Sabes, pois, onde e quando esses Amores
Criados foram e de qual maneira:
Do teu desejo apago três ardores.

Em menos tempo do que a soma inteira
De um a vinte se faz, dos anjos parte
Turbou vosso elemento sobranceira[310].

---

308 Na parte superior do Universo foram colocados os anjos (ato puro); na inferior, a matéria pura; e no meio, a forma conjunta à matéria. (N. T.)
309 São Jerônimo escreveu que os anjos foram criados antes do mundo sensível; mas o Poeta está de acordo com outros escritores, que se baseiam nos livros sagrados. (N. T.)
310 Os anjos rebeldes convulsionaram a Terra. (N. T.)

Fiel a outra emprega-se dessa arte,
Que vês: assim girando jubilosa,
Deste excelso mister se não disparte.

O mal causou soberba criminosa
Do que hás visto no abismo do tormento[311],
Do mundo sob a mole ponderosa.

Mas estes, com modesto pensamento,
Mostraram-se à Bondade agradecidos,
Que lhes deu tão sublime entendimento.

Na vista se exaltando, enriquecidos
São de mérito e graça iluminante,
Por querer certo e firme dirigidos.

Não duvides; e sabe, de ora avante,
Que receber a graça é meritório,
Segundo o afeto mostrar-se constante.

Já, pois, este celeste consistório,
Se quanto ora te hei dito a mente alcança,
Bem podes contemplar sem adjutório.

Como em vossas escolas se afiança,
Na terra, que é da angélica natura
O querer, o entender, o ter lembrança,

Eu devo ainda revelar-te a pura
Verdade, que entre vós se há confundido,
Sendo enleada por tão má leitura.

---

311 Lúcifer. (N. T.)

Estas substâncias, o prazer obtido
De verem Deus, jamais rosto voltaram
Dos olhos a que nada oculto há sido.

Seu ver, novos objetos não cortaram;
Não há razão por que se lhes suponha
Rememorar ideias que passaram.

Assim na terra sem dormir se sonha,
Crendo e não crendo proferir verdade:
Neste caso há mais culpa e mais vergonha.

De opiniões não tendes fixidade
Filosofando, tanto vos transporta
Da ostentação e de o pensar vaidade.

No céu menos do que isto se suporta –
Ser a Santa Escritura desdenhada
Ou ter inteligência errada e torta.

Para ser pelo mundo semeada
Quanto sangue custou pouco se atenta,
E quanto a crença humilde a Deus agrada.

Qual para alardear engenho, inventa;
Quando o Santo Evangelho está calado
Tais invenções o púlpito comenta.

Qual diz que a Lua, tendo atrás voltado,
No ato da Paixão de Cristo, houvera,
Interpondo-se, a luz do Sol velado[312].

---

312 Os pregadores discutem sem base nenhuma sobre a origem do eclipse que se deu no dia da morte de Jesus. (N. T.)

Qual afirma que o lume se escondera
Por si mesmo; e o eclipse à Índia, à Espanha
Comum como à Judeia, se fizera.

Em Florença não há cópia tamanha
De Lapi e Bindi[313] quanto só num ano
O púlpito de contos desentranha.

Desta arte a ovelha, que não sabe o engano,
Do pasto volta túmida de vento,
Desculpa não lhe dá não vendo o dano.

Não disse Jesus Cristo ao seu convento[314]:
Parti e ao mundo apregoai mentira;
Mas deu-lhes da verdade o fundamento;

Ele tão alto, em sua voz se ouvira,
Que foi-lhes o Evangelho escudo e lança
Nos prélios, de que a Fé vitriz saíra.

Ora em sermões o trocadilho, a chança
Estão na voga; o riso provocando
Incha o capuz; por nada mais se cança[315].

Se o vulgo vira o pássaro nefando,
Que em cógula se aninha, não quisera
Indulgências, em que se anda confiando;

---

313 Nomes comuns em Florença, no tempo de Dante. (N. T.)
314 Os Apóstolos. (N. T.)
315 Conservou-se a grafia original (cança) em lugar da atual (cansa) para preservar a rima. (N. E.)

Stultícia tal da terra se apodera,
Que, em prova e testemunho não firmado,
Qualquer a dá-las apto considera.

De Santo Antônio assim medra o cevado[316]
E outros muitos, que os porcos mais ascosos,
Que pagam com dinheiro não cunhado.

Mas longa vai a digressão; cuidosos
Os olhos volve à verdadeira estrada;
O tempo é curto, andemos pressurosos.

É tanto a grei dos anjos avultada,
Que nem por voz, nem por humana mente
Ser pode a conta sua calculada.

Bem te demonstra a reflexão prudente
Que não diz dos milhares, que revela
A soma Daniel precisamente.

A luz primeira, que irradia nela,
É por maneiras tantas recebida,
Quantos fulgores são, que a fazem bela.

E, pois que a percepção logo é seguida
Do amor, do afeto angélico a doçura
Está em graus diversos aquecida.

Do Poder Eternal vê, pois, a altura
E grandeza, que em espelhos tão brilhantes
A sua imagem multiplica pura,

Permanecendo um sempre como de antes".

---

316 Com essas fraudes os padres engordam. (N. T.)

CANTO XXX

Os nove coros angélicos aos poucos vão desaparecendo. Dante volve os seus olhos novamente para Beatriz, cuja beleza é agora maravilhosa a tal ponto que renuncia a descrevê-la. Eles estão no Empíreo, e Dante vê um rio de luz, cujas ribas estão esmaltadas de flores. Do rio saem centelhas que formam flores e depois voltam para as ondas. Enfim vê uma grande rosa de luz na qual aparecem anjos e os bem-aventurados. No meio há um trono preparado para o imperador Henrique VII.

Talvez milhas seis mil de nós distando,
A hora sexta ferve e deste mundo
A sombra vai-se ao nível inclinando[317],

Quando o meio do céu, pra nós profundo,
Tal se faz que não mostra o seu semblante
Mais de uma estrela deste val ao fundo;

E enquanto vem do Sol a radiante[318]
Núncia, o céu olhos cerra, adormecido
Um após outro até o mais brilhante:

---

317 O Poeta quer que se entenda como desapareceu aos seus olhos a visão de que é objeto o canto anterior; e compara o desaparecimento ao apagar-se das estrelas no começo do dia. (N. T.)
318 A aurora. (N. T.)

Tal o triunfo, sem cessar movido
De gáudio, em torno ao Ponto deslumbroso,
Que parece, contendo estar contido,

Extinguiu-se aos meus olhos vagaroso.
Não vendo a pompa mais, a amor cedendo,
A Beatriz voltei-me fervoroso.

Num só louvor eu, resumir querendo
Dela o que vezes mil tenho cantado,
Frustara o intento, o esforço meu perdendo.

Pelo humano ideal imaginado
Não seria o primor, que vi; mas, creio,
Gozá-lo todo, só a Deus é dado.

Neste árduo passo superado, anseio:
Vate jamais em trágico poema
Ou cômico sentiu tamanho enleio;

Quanto a vista ao clarão do Sol mais trema.
Tanto a memória do seu doce riso
As potências do espírito me algema.

Dês que vi do seu gesto o paraíso
Na terra até me alçar a visão pura
Meu canto renovar não foi preciso.

Mas seguir-lhe a sublime formosura
Nos versos meus agora não me atrevo,
Como artista, que o extremo esforço apura.

Beatriz, sendo tal que a deixar devo
A tuba, mais que a minha, sonorosa,
Enquanto esta árdua empresa ao termo levo,

Com gesto e voz de guia cuidadosa,
"Ao céu que é pura luz", disse, "ao presente
Alçamo-nos da esfera mais vultosa,

Luz intelectual, de amor ardente,
Amor do sumo bem, que enche a alegria;
Alegria em dulçores transcendente.

Do céu verás, na santa bizarria,
Uma e outra milícia: uma no aspeto
Que hás de ver do final Juízo em dia[319]".

Como aos visivos espíritos direto
Relâmpago, que a ação lhes tolhe e os priva
De discernir o mais patente objeto,

Circunfluiu-me assim uma luz viva
Com véu do seu fulgor, que me impedia
Em claridade ver tanto excessiva.

"Sempre o Amor, que este céu tanto extasia,
Por ser o círio à flama aparelhado,
Este saudar a quem recebe envia".

---

319 Uma e outra milícia: os santos que combateram contra os vícios, e os anjos fiéis, que combateram contra os rebeldes. Uma no aspecto etc.: os santos com os corpos com os quais aparecerão no Juízo Final. (N. T.)

Bem não tinha estas vozes escutado,
Eis senti que virtude milagrosa
A força minha havia sublimado;

Senti vista mais que antes poderosa
E tal, que a luz mais penetrante e pura
Afrontar poderia valorosa.

Fúlvido lume um rio me afigura,
Entre margens correndo, que esmaltava
A primavera da celeste altura.

Do seio essa corrente arremessava
Centelhas; que entre as flores se espargiam
Como rubis, que o ouro circundava.

Quando ébrias de perfumes pareciam
Reprofundavam na ribeira bela:
Se umas entravam, outras emergiam.

"O desejo, que te urge e te desvela,
De saber quanto vês maravilhado
Me agrada neste excesso que revela.

Não serás em tal sede saciado
Senão dessa água tendo já bebido"
Dos meus olhos o Sol me há declarado.

"Os topázios, que movem-se, o luzido
Rio e das flores o matiz ridente
Prefácio umbroso da verdade hão sido.

Não, por ser isto impenetrável à mente,
Mas por defeito da fraqueza tua,
Que te veda visão tanto eminente."

Não há criança, que tão presto rua
Ao seio maternal, em despertando
Mais tarde do que está na usança sua,

Como eu: melhor espelho desejando
Fazer dos olhos, à água me inclinava,
Que flui, pureza e perfeição nos dando.

Das pálpebras apenas se molhava
A borda, a forma, que antes vi comprida,
Do rio, circular se apresentava.

Como quem sob a máscara escondida
A face teve e logo diferente
Se mostra, essa aparência removida,

Assim flores, centelhas, mais fulgente
Alegria mostraram e eu já via
Do céu ambas as cortes claramente,

Ó de Deus esplendor, por quem já via
O triunfo do reino da verdade,
Dá-me valor; que eu diga o que já via.

Lá alto há luz de tanta claridade,
Que Deus visível faz à criatura,
Que em vê-lo tem da paz a felicidade.

Dante Alighieri

Ela se estende em circular figura,
Tão vasta que o seu âmbito faria
Ao Sol desmarcadíssima cintura.

Um raio era o que dela aparecia
Refletido no Móbile Primeiro,
A que assim vida e influxo principia.

Qual em cristal do próximo ribeiro
Se espelha, como para ver as flores
E verdura, que o vestem, lindo outeiro,

Miravam-se, da luz aos esplendores,
De degraus em milhões almas tornadas
Da terra para os célicos fulgores.

Se claridades tantas derramadas
'Stão no imo degrau, como da Rosa[320]
No cimo hão de as grandezas ser esmadas?

Sem turbar-me, a amplitude portentosa,
Notava o qual e o quanto da alegria,
Em que se enleva aquela grei ditosa.

De perto, ao longe igual resplendecia;
Pois onde por si mesmo Deus governa
Da natureza a lei não mais regia.

Ao centro áureo da Rosa sempiterna,
Que em degraus dilatada rescendia
Louvor ao Sol da primavera eterna,

---

320 O imenso círculo no qual se encontram os bem-aventurados tem a forma de uma rosa. (N. T.)

Como quem cala, mas falar queria,
Beatriz, me atraindo, disse: "Atenta
Dos brancos véus na imensa jerarquia

O espaço vê, que esta cidade ostenta!
Quanto cada fileira está cerrada!
A poucos lugar vago se apresenta.

Essa grande cadeira assinalada
Já de coroa, que te move espanto,
Antes de teres nesta boda entrada,

Será de Henrique[321] excelso, que há de o manto
Vestir de Augusto, para a Itália vindo
Antes de afeita ao regimento santo.

Cega cobiça, a tantos iludindo,
Iguais vos torna a infante, que sem tino
De ama o seio não quer, fome sentindo.

Será então Prefeito no divino
Foro[322] aquele, que, oculto ou descoberto,
Não há de ser de acompanhá-lo digno[323].

A Deus, porém, apraz que esteja perto
Tempo, em que perderá cargo sagrado!
Terá com Simão Mago o lugar certo[324],

E o de Anagni[325] será mais soterrado".

---

321 Henrique VII, eleito imperador em 1308, coroado em Milão em 1311 e, em Roma, em 1312. Morreu em Buonconvento, em 1313. (N. T.)
322 Prefeito no divino foro: papa. (N. T.)
323 Clemente V, que aparentemente será seu amigo, mas ocultamente será seu inimigo. (N. T.)
324 No Inferno entre os simoníacos. (N. T.)
325 Bonifácio VIII. (N. T.)

CANTO XXXI

Enquanto Dante contempla a rosa do Paraíso, Beatriz sobe e vai ocupar o lugar que lhe pertence, no meio dos bem-aventurados. São Bernardo é o último guia de Dante. Ele lhe indica a Virgem Maria, toda brilhante de luz celeste.

Forma assumindo de uma branca rosa,
Tinha ante os olhos a milícia santa[326],
Que em seu sangue fez Cristo sua Esposa.

A outra[327], que, adejando, vê, decanta
Do Onipotente a glória, que a enamora,
E a bondade, que deu-lhe alteza tanta,

Bem como abelhas, cujo enxame agora
Nas flores se apascenta, agora torna
À colmeia, onde os favos elabora,

Descia à flor imensa que se adorna
De folhas tantas, e depois subia
Ao centro, onde o amor seu sempre sojorna.

---

326 Os santos. (N. T.)
327 Os outros, os anjos. (N. T.)

Nas faces viva flama refulgia,
Nas asas ouro, em tudo mais alvura,
Que a candidez da neve escurecia.

De sólio em sólio entrando na flor pura
E as asas agitando, derramavam
Ardor e paz, colhidos lá na altura.

As multidões aladas, que giravam,
Ao Senhor se interpondo e à flor brilhante,
Nem vista, nem 'splendores atalhavam,

Que a luz divina cala penetrante
No universo, segundo ele merece;
Nada lhe empece o brilho triunfante.

O gaudioso império, onde aparece
A par da grei antiga a grei recente
De olhos, de amor num fito se embevece.

Trina luz, que, num astro unicamente,
Fulgindo, alma lhes tens inebriada,
Conosco nas procelas sê clemente!

Se os Bárbaros, da terra enregelada
Vindos, que Hélice[328] cobre cada dia
No seu giro, do filho acompanhada[329],

---

328 A ninfa Hélice ou Calixto, que foi transformada por Júpiter na constelação da Ursa Maior. (N. T.)
329 O filho de Hélice foi transformado na constelação da Ursa Menor. (N. T.)

Dante Alighieri

A pompa ao ver, que a Roma enobrecia,
Pasmavam, quando já Latrão[330] famoso
Do mundo as maravilhas precedia;

Da terra eu ido ao trono luminoso,
Exalçado do tempo à eterna vida
E de Florença ao reino virtuoso,

Quanto havia de ter a alma transida!
Nem ouvir, nem falar apetecera:
Tanta alegria ao passo estava unida!

Bem como o peregrino considera
O templo, a que seu voto o conduzira,
E o que vê recontar, tornando, espera,

Na ardente luz a minha vista gira
De degrau em degrau, e agora acima,
Abaixo logo e em derredor remira.

Rostos eu vi, que a caridade anima
Com lume divinal; seu doce riso
Por suave atrativo se sublima.

Sem deterem-se mais do que o preciso,
Os olhos meus haviam rodeado
Em sua forma geral o Paraíso:

Vivo desejo em mim 'stando ateado,
A Beatriz voltei-me; ter queria
A solução do que era inexplicado.

---

330 Latrão foi por algum tempo a sede dos imperadores romanos. (N. T.)

Ao que eu pensava o oposto respondia:
Nos gloriosos trajos de um eleito,
Em vez de Beatriz, um velho eu via.

Nos olhos transluzia-lhe e no aspeito
Alegria beni'na e o continente
De pai era, à ternura sempre afeito.

"E Beatriz?", exclamo eu de repente.
Tornou-o: "Baixar me fez do meu assento
Por contentar o teu desejo ardente.

Verás, do cimo ao círculo Tércio atento,
Beatriz nesse trono colocada,
Que lhe há dado imortal merecimento".

Olhos alçando, à Dama sublimada,
Divisei que de coroa era cingida,
Da eterna luz, em refração, formada.

Da região etérea a mais subida
Vista mortal, no pego profundando,
De tão longe não fora dirigida,

Como olhos meus, em Beatriz fitando.
Via-a, porém: a efígie livremente
Descia a mim do vulto venerando.

"Senhora! Esperança minha permanente!
Que não temeste, por me dar saúde,
Teus vestígios deixar no inferno horrente!

Dante Alighieri

De tantas cousas, quantas eu ver pude
Ao teu grande valor e alta bondade
A graça referir devo e virtude.

Sendo eu servo, me deste a liberdade,
Pelos meios e vias conduzido,
De que dispunha a tua potestade.

Seja eu do teu valor fortalecido,
Porque minha alma, que fizeste pura
Te agrade ao ser seu vínculo solvido".

Desta arte orei. Lá da sublime altura,
Em que estava sorrindo-se encarou-me;
Depois voltou-se à eterna Formosura.

"Por chegares", o velho assim falou-me,
"Ao termo da jornada, como anelas,
A que seu rogo e santo amor mandou-me,

Teus olhos voem pelas flores belas:
Eles mais hão de se acender, no esguardo
Para alçar-se ao divino raio, em vê-las.

E a Rainha do céu, por quem eu ardo
Cheio de amor, nos há de ser benigna,
Pois sou seu servo, o seu fiel Bernardo[331]".

---

331 São Bernardo, abade de Clairvaux, na Borgonha, que foi devotado ao culto da Virgem Maria. (N. T.)

A Divina Comédia – Paraíso

Como quem da Croácia se destina
A ver Santo Sudário[332] em romaria,
Por fama antiga da feição divina;

Devoto a contemplar se não sacia,
Dizendo em si: ó Jesus! Meu Deus piedoso!
Tal o semblante vosso parecia!

Assim notei o afeito caridoso
Daquele, que em seus êxtases no mundo
A paz celeste prelibou ditoso.

"Filho da graça, este viver jucundo
Ser-te não pode", prosseguia, "noto,
Se os olhos teus não alças cá do fundo.

Dos círculos atenta ao mais remoto:
Lá no trono a Rainha[333] está sentada;
Seu reino, o céu, lhe é súdito e devoto".

O rosto ergui. Bem como na alvorada
A parte, em que o Sol nasce no horizonte
Excede a que franqueia à noite entrada,

Assim, quase a subir de vale a monte,
No píncaro eminente parte eu via
Vencer em lume a qualquer outra fronte.

---

332 Santo Sudário ou Verônica (imagem verdadeira): imagem de Jesus impressa num véu, relíquia que se conserva em Roma. (N. T.)
333 A virgem Maria. (N. T.)

Como lá donde espera-se do dia
O carro, que perdeu Fetonte[334], a flama
Aumenta e noutros pontos se embacia,

Assim essa pacífica oriflama[335]
Se avivava no meio; e a cada lado
Por modo igual se enfraquecia a chama.

De milhares o centro rodeado
'Stava de anjos voando como em festa,
Cada um na arte e no brilho assinalado.

De os ver e ouvir contento manifesta
A Beldade: que extremos de alegria
A outros santos nos seus olhos presta.

Se eu tivera opulenta fantasia
E a eloquência não menos, desse encanto
Um só traço exprimir não poderia.

No vivo lume e ao ver Bernardo quanto
Os meus olhos, absortos, se fitavam,
Volveu-lhe os seus, acesos de ardor tanto,

Que a mais fervor meu êxtase enlaçavam.

---

334 O Sol. (N. T.)
335 Estandarte de guerra dos reis de França; aqui indica a Virgem. (N. T.)

CANTO XXXII

São Bernardo esclarece a Dante a composição da rosa do Paraíso. De um lado estão os santos cristãos; do outro os hebreus, que acreditaram no Cristo que devia vir. Entre uns e outros a Virgem Maria. Embaixo de Maria, mulheres hebreias; mais embaixo as crianças mortas logo depois do batismo.

De contemplar no seu prazer sorvido,
De instruir-me, espontâneo, se incumbia,
E este santo discurso há proferido:

"A chaga, que sarou e ungiu Maria
Abrira a bela, que aos seus pés sentada
Divisas, do homem no primeiro dia[336].

Está na térica fileira entronizada
Logo abaixo Raquel[337]; resplendente
Ao lado Beatriz vês colocada.

---

336 A bela que aos seus pés etc.: Eva. (N. T.)
337 Mulher de Jacó. (N. T.)

Sara, Rebeca, Judite e a prudente
Bisavó do cantor[338], que lamentara,
'*Miserere*' clamando, a culpa ingente:

Num degrau cada uma se depara
Da rosa, folha a folha, descendendo
Como seu nome a minha voz declara.

Estão, do degrau sétimo descendo,
Como de lá subindo, em seguimento
Hebreias, dividida a Rosa sendo:

Formam elas, assim, repartimento,
Segundo em Cristo a fé predominara,
Da santa escada em todo o comprimento.

Da parte, em que da flor se completara
Em cada folha o número, exalçado
Vês quem a Cristo no porvir esperara;

Da parte, onde o hemiciclo é sinalado
De alguns lugares vagos, se apresenta
Quem creu em Cristo ao mundo já chegado.

Como de um lado a divisão se ostenta,
Da Virgem pelo trono demarcada
E pelos mais, que a vista representa,

Assim do oposto a sede destinada
Ao que no ermo e martírio sempre há sido
Santo[339] e em dois anos da infernal estada,

---

338 Sara: mulher de Abrão; Rebeca: mulher de Isaque; Judite: livrou o povo de Israel, matando Olofernes; a prudente bisavó: Rute, bisavó de Davi. (N. T.)
339 São João Batista. (N. T.)

Lugar que, tem por conta, há precedido
Aos de Francisco, de Agostinho, Bento[340]
E outros, de um degrau cada um descido.

De Deus ora contempla o sábio intento:
Igualmente a fé nova e a antiga crença
Hão de encher o jardim do firmamento.

Abaixo do degrau da escada imensa,
Que as divisões reparte, está sentado
Ninguém, porque ao seu mérito pertença,

Mas pelo alheio, e ao modo decretado.
Seus corpos tais espíritos deixaram
Antes que discernir lhes fosse dado.

Bem à luz da evidência to declaram
Pela voz infantil e pelo gesto:
Olha, escuta, e tuas dúvidas se aclaram.

Duvidas e o não fazes manifesto;
Sutil pensar em nó te prende estreito;
Mas deste enleio vou livrar-te presto.

Crer-se não pode em casual efeito
Do reino divinal no infindo espaço;
Nem há fome, nem sede ou triste aspeito.

De eternas leis vincula tudo o laço,
E, como o anel no dedo, justamente
Da criação responde tudo ao traço.

---

340 Francisco, Agostinho e Bento: santos fundadores de ordens religiosas. (N. T.)

Portanto aquela prematura gente
Sine causa não sobe à vida eterna;
Mais ou menos, cada um entra excelente.

Deste reino o Monarca, que o governa
De amor em tanto extremo, em tal ventura,
Que desejo nenhum além se interna,

Criando, de sua face na doçura,
Os espíritos, dota-os a seu grado.
Isto basta saber: não mais apura.

Ao claro está nos gêmeos[341] demonstrado,
Que haviam – na Escritura se refere –
Já no materno ventre batalhado.

Assim a luz altíssima confere
A grinalda da Graça dignamente
Segundo a cor da coma, que prefere.

Graduação, portanto, diferente
Lhes cabe sem ter méritos na vida:
Visão primeira os distinguiu somente.

Nos primitivos tempos conseguida
Estava a salvação, quando a inocência
À fé dos pais se achava reunida.

Às primeiras idades em sequência,
Dos filhos trouxe às asas inocentes
Circuncisão, virtude e permanência[342].

---

341 Esaú e Jacó. (N. T.)
342 Nos tempos que passaram de Abrão até Cristo, a circuncisão era requisito indispensável para a salvação. (N. T.)

Depois de anunciada a Graça às gentes[343].
Sem batismo perfeito haver de Cristo
Não valeu a inocência desses entes.

Ora atento na face, que à de Cristo
Mais se assemelha[344]; a sua luz tão pura
Só te pode dispor a veres Cristo".

Vi chover de alegria tal ternura,
Que a Maria os espíritos levavam
Para voar criados nessa altura,

Que quanto os olhos antes contemplavam
Tais portentos patentes não fizera:
Os assomos de Deus se revelavam.

Dos anjos o primeiro, que viera,
Cantando "*Ave, Maria, gratia plena*",
Ante Maria as asas estendera.

Respondendo à divina cantilena
De toda parte a gloriosa corte,
Resplendeu cada face mais serena.

"Ó santo Pai, que a caridade forte
Em prol meu fez deixar o doce assento,
A ti marcado por eterna sorte,

Diz-me que anjo com tal contentamento
Da soberana a fronte olha divina,
No amor mostra do fogo o entendimento".

---

343 Depois de Cristo, é indispensável o batismo. (N. T.)
344 Maria Virgem. (N. T.)

Desta arte inda vali-me da doutrina
Daquele, que enlevava-se em Maria,
Como no Sol a estrela matutina.

Tornou-me: "Alacridade e bizarria,
Quanta em anjo haver possa e n'alma humana,
Há nele; assim nos dá suma alegria:

Foi ele[345] o que à bendita Soberana
Levou a palma, o filho de Deus quando
Quis assumir a nossa carga insana.

Minhas vozes tua vista acompanhando,
Do justíssimo império alça aos formosos
Patrícios, de alto nome, venerando.

Os dois, que acima brilham, venturosos
Por estarem perto da Soberana Augusta;
São desta Flor princípios gloriosos:

À sestra sua aquele, que se ajusta,
O Pai[346] é que, tentado por mau gosto
Tanta amargura à sua prole custa.

À destra o Pai primeiro[347] se acha posto
Da santa Igreja; as chaves lhe entregara
Da Rosa Cristo e o fez o seu preposto.

---

345 Gabriel. (N. T.)
346 Adão. (N. T.)
347 São Pedro. (N. T.)

E o que antes de morrer vaticinara[348]
Duros tempos daquela amada Esposa,
Que por lanças e cravos se alcançara,

Fica-lhe a par; e, junto, a glória goza
O capitão[349] da gente ingrata, insana,
Que viveu de maná, revel, teimosa.

Em frente a Pedro vês que senta-se Ana[350],
Tão leda a excelsa Filha contemplando,
Que imóveis olhos tem, cantado *hosana*.

Em frente ao Pai dos homens venerando,
É Luzia[351]: a Beatriz há suplicado,
Quando ias para o abismo te inclinando.

Mas da tua visão o assinalado
Tempo foge: paremos, pois, fazendo
Do pano, que há, vestido bem talhado.

E para o Amor Primeiro olhos erguendo,
Saibamos se do seu fulgor no seio
Penetras, quanto possas te absorvendo.

Mas, de que retrocedas no receio,
Movendo as asas, em vez de ir avante,
Impetra graça, de piedade cheio,

---

348 São João Evangelista. (N. T.)
349 Moisés. (N. T.)
350 Mãe da Virgem. (N. T.)
351 Santa Luzia: virgem e mártir, v. Inferno II, 97-102. (N. T.)

Daquela, que em valer é tão pujante.
Em mente a voz me segue fervoroso,
Com vivo afeto e coração amante".

E esta santa oração disse piedoso:

CANTO XXXIII

São Bernardo pede à Virgem Maria que conceda a Dante contemplar a Deus. O Poeta vê um tríplice círculo no qual está revelada a Trindade divina. No círculo médio vê figurada a efígie humana. No espírito de Dante se forma o desejo de conhecer o modo da união da natureza divina com a humana. Um repentino esplendor lhe revela o mistério da encarnação de Cristo; e aqui termina a sublime visão.

"Virgem Mãe, por teu Filho procriada,
Humilde e sup'rior à criatura,
Por conselho eternal predestinada!

Por ti se enobreceu tanto a natura
Humana, que o Senhor não desdenhou-se
De se fazer de quem criou, feitura.

No seio teu o amor aviventou-se,
E ao seu ardor, na paz da eternidade,
O germe desta flor assim formou-se.

Meridiana Luz da Caridade
És no céu! Viva fonte de esperança
Na terra és para a fraca humanidade!

Dante Alighieri

Há tal grandeza em ti, há tal pujança,
Que quer sem asas voe o seu anelo
Quem graça aspira em ti sem confiança.

Ao mísero, que roga ao teu desvelo
Acode, e, às mais das vezes, por vontade
Livre, te praz sem súplica valê-lo.

Em ti misericórdia, em ti piedade,
Em ti magnificência, em ti se aduna
Na criatura o que haja de bondade.

Esse mortal, que da ínfima lacuna
Do mundo até o empíreo, passo a passo,
Viu quanto a vida esp'ritual reúna,

Te exora auxílio ao seu esforço escasso:
A mente sublunar lhe seja dado
A Suma Dita no celeste espaço.

Eu que, no meu ardor, nunca aspirado
Hei mais por mim o que em prol dele peço
Meus rogos todos alço esperançado.

Te digna conseguir que o véu espesso
Da humanidade sua despareça,
E assim lhe seja o Sumo Bem concesso.

Depois da alta visão dá que ainda eu peça
Que conserves, Rainha Onipotente,
Sempre pura sua alma e ao mal avessa.

A Divina Comédia – Paraíso

De perversas paixões guarda-o clemente:
Vê Beatriz e o céu inteiro unidos,
Juntando as mãos, ao voto meu fervente!"

Os olhos, que por Deus são tão queridos
No santo orador fitos demonstraram
Que eram seus ternos rogos atendidos.

Após ao Lume eterno se elevaram,
Em que, se deve crer, da criatura
Olhos, em modo tal, não profundavam.

E dos desejos eu, que à mor altura
Suba, o ardor cessar, como devia,
Senti, me apropinquando da ventura.

Bernardo, me acenando, me sorria,
Que para cima olhasse; mas eu estava
Já por mim mesmo tal qual me queria.

A vista, que em pureza sublimava,
Do alto, que é por si toda a Verdade,
Mais e mais pelos raios penetrava.

E o que eu vi, desde então, na imensidade
Transcendeu quanto o verbo humano intente:
Cede a memória a tanta majestade.

Qual homem, que, a sonhar, vê claramente,
Depois só guarda a sensação impressa,
E o mais em todo lhe não volta à mente;

Tal eu; quase a visão inteira cessa.
Mas no meu coração quase destila
Doçura que em seu êxtase começa.

Assim ao Sol a neve se aniquila,
Assim na leve folha, entregue ao vento,
Se dispersava o orác'lo da Sibila[352].

Flama excelsa, que o humano pensamento
Excedes tanto, oh! Presta ao meu, piedosa,
Um pouco de inefável luzimento.

E a língua minha faz tão poderosa,
Que uma centelha só da tua Glória
Aos pósteros transmita venturosa;

Pois que, em parte surgindo-me à memória
E sendo por meus versos celebrada,
Melhor se entenderá tua vitória.

Da luz pela agudeza suportada,
Eu me perdera, creio, com certeza,
Se da luz fora a vista desviada.

E, recordo-me, pois mor afouteza
Tomei, tanto, que face a face olhando,
Encarar pude na Infinita Alteza.

Tu, ó Graça abundante, me animando,
Olhos fitar ousei na luz eterna,
A visão almejada consumando.

---

[352] Virgílio (Eneida III) diz que a Sibila Cumana escrevia os seus oráculos sobre folhas soltas e depois as jogava no ar, sendo dispersadas pelo vento. (N. T.)

A Divina Comédia – Paraíso

E lá na profundeza vi que se interna
Unido pelo amor num só volume
O que pelo universo se esquaderna:

Acidente, substância e o seu costume,
Conjuntos entre si por tal maneira,
Que da verdade exprimo um frouxo lume.

Creio que a forma universal inteira
Vi desse nó; porquanto mais ao largo
Sinto, ao dizer, ledice verdadeira.

Um só instante à mente dá letargo
Maior, que séc'los vinte e cinco à empresa
Que admirar fez Netuno a sombra de Argo[353].

De êxtase assim minha alma toda presa,
Atenta, absorta, imóvel se imergia,
E sempre em contemplar mais 'stava acesa.

E essa Luz tal efeito produzia,
Que em deixá-la por ver dif'rente aspeto
Consentir impossível me seria:

Que o Bem da sua aspiração objeto,
Todo está nela; é tudo lá perfeito,
Como fora de lá tudo é defeto.

---

[353] Um só instante do tempo transcorrido depois da visão me causa maior esquecimento que não aquele que vinte e cinco séculos causaram ao episódio dos Argonautas, o qual surpreendeu a Netuno. (N. T.)

Dante Alighieri

Meu dizer de ora avante mais estreito
Será no que recordo que o do infante
Ainda ao seio maternal afeito;

Não porque presentasse outro semblante
A viva Luz, que a contemplar eu 'stava,
Antes, como depois, sempre constante;

Mas, como, olhando, a vista se alentava,
A Imutável Essência parecia
Mudar, quando só eu me transformava.

Na substância profunda e clara eu via
Da excelsa Luz três círc'los discernidos
Por cores três, de igual periferia,

Íris de íris, um de outro refletidos[354]
Estavam, flama o tércio parecia
'Spirando, por igual, de um, de outro unidos,

Quanto é curta expressão! Quanto a excedia
Meu pensar, ao que eu vi, este já sendo
Tal, que pouco bastante não diria.

Lume eterno, que a sede em ti só tendo,
Só te entendes, de ti sendo entendido,
E te amas e sorris só te entendendo!

---

354 O Filho parecia refletido no outro, no Pai como íris de íris; e o terceiro, o Espírito Santo parecia fogo procedente de um e de outro. (N. T.)

O girar, que, dessa arte concebido
Via em ti como flama refletida[355],
Quanto foi dos meus olhos abrangido,

No seio seu da própria cor tingida
A própria efígie humana oferecia:
Foi nela a vista minha submergida!

Geômetra, que o espírito crucia
Para o círculo medir[356], em vão procura
Princípio, que ao seu fim mais conviria:

Assim eu ante a nova visão pura
Ver anelara como a image' humana
Ao círculo se adapta e ali perdura.

Às asas minhas fora empresa insana,
Se clareado a mente não me houvesse
Fulgor, que a posse da verdade aplana.

À fantasia aqui valor fenece;
Mas a vontade minha a ideias belas,
Qual roda, que ao motor pronta obedece[357],

Volvia o Amor, que move Sol e estrelas.

---

355 O girar que, dessa arte etc., aquele dos círculos, isto é, o segundo, que parecia refletido do outro, pareceu-me tivesse efígie humana, tingida, porém de cor divina. (N. T.)
356 Para encontrar a quadratura do círculo, isto é, um quadrado cuja área seja igual à de um determinado círculo. (N. T.)
357 Mas o Amor, isto é, Deus, que move o Sol e as estrelas, movia a minha vontade, concordemente à sua, como uma roda que obedece ao motor. (N. T.)